A JORNADA DOS HERÓIS

OS VINGADORES: GUERRA INFINITA

A JORNADA DOS HERÓIS

STEVE BEHLING

São Paulo
2021

EXCELSIOR
BOOK ONE

Marvel's Avengers: Infinity War: The Heroes' Journey
© 2021 MARVEL. All rights reserved.

Copyright © 2021 by Book One
Todos os direitos de tradução reservados e protegidos pela Lei 9.610 de 19/02/1998. Nenhuma parte desta publicação, sem autorização prévia por escrito da editora, poderá ser reproduzida ou transmitida sejam quais forem os meios empregados: eletrônicos, mecânicos, fotográficos, gravação ou quaisquer outros.

Primeira edição Marvel Press: abril de 2018

EXCELSIOR — BOOK ONE
TRADUÇÃO **LEONARDO ALVAREZ**
PREPARAÇÃO **DIOGO RUFATTO**
REVISÃO **BRUNO MÜLLER E SILVIA YUMI FK**
ARTE E ADAPTAÇÃO DE CAPA **FRANCINE C. SILVA**
PROJETO GRÁFICO E DIAGRAMAÇÃO: **ALINE MARIA**

Dados Internacionais de Catalogação na Publicação (CIP)
Angélica Ilacqua CRB-8/7057

B365vg	Behling, Steve	
	Vingadores: Guerra Infinita: a jornada dos heróis / Steve Behling; tradução de Cássio Yamamura. – São Paulo: Excelsior, 2021.	
	304 p.	
	ISBN 978-65-87435-39-8	
	Título original: *Avengers: Infinity War: The Heroes' Journey*	
	1. Vingadores (Personagens fictícios) 2. Super-heróis 3. Ficção norte-americana I. Título II. Yamamura, Cássio	
21-3669		CDD 813.6

SIGA NAS REDES SOCIAIS:
@editoraexcelsior
@editoraexcelsior
@edexcelsior
@editoraexcelsior

editoraexcelsior.com.br

SUMÁRIO

PARTE UM: HOMEM DE FERRO **13**

Capítulo 1 ·· 15

Capítulo 2 ·· 17

LIVRO UM – CAPITÃO AMÉRICA **21**

Capítulo 1 ·· 23

Capítulo 2 ·· 26

Capítulo 3 ·· 29

Capítulo 4 ·· 32

Capítulo 5 ·· 36

Capítulo 6 ·· 39

Capítulo 7 ·· 41

Capítulo 8 ·· 44

Capítulo 9 ·· 47

Capítulo 10 ·· 50

Capítulo 11 ·· 52

Capítulo 12 ·· 54

Capítulo 13 ·· 56

Capítulo 14 ·· 59

Capítulo 15 ·· 62

Capítulo 16 ·· 64

Capítulo 17 ·· 66

Capítulo 18 ·· 69

Capítulo 19 ·· 71

Capítulo 20 ·· 74

Capítulo 21 ·· 75

Capítulo 22 ·· 77

PARTE DOIS: HOMEM DE FERRO 79

Capítulo 3 ··· 81

Capítulo 4 ··· 84

Capítulo 5 ··· 88

LIVRO DOIS – THOR 93

Capítulo 1 ··· 95

Capítulo 2 ··· 97

Capítulo 3 ··· 100

Capítulo 4 ··· 104

Capítulo 5 ··· 108

Capítulo 6···111

Capítulo 7···114

Capítulo 8···117

Capítulo 9···120

Capítulo 10···123

Capítulo 11···126

Capítulo 12···129

Capítulo 13···133

Capítulo 14···137

Capítulo 15···141

Capítulo 16···145

PARTE TRÊS: HOMEM DE FERRO   **149**

Capítulo 6···151

Capítulo 7···153

LIVRO TRÊS: DOUTOR ESTRANHO   **157**

Capítulo 1···159

Capítulo 2···162

Capítulo 3···166

Capítulo 4···168

Capítulo 5···170

Capítulo 6···174

Capítulo 7···176

Capítulo 8···178

Capítulo 9···180

Capítulo 10···182

Capítulo 11···185

Capítulo 12···189

Capítulo 13···192

Capítulo 14···194

Capítulo 15···197

Capítulo 16···199

Capítulo 17···201

Capítulo 18···204

Capítulo 19···206

Capítulo 20···208

Capítulo 21···211

PARTE QUATRO: HOMEM DE FERRO   **213**

Capítulo 8···215

Capítulo 9···217

Capítulo 10···219

LIVRO QUATRO – GUARDIÕES DA GALÁXIA   **221**

Prólogo··223

Capítulo 1···224

Capítulo 2···227

Capítulo 3 ···230

Capítulo 4 ···233

Capítulo 5 ···234

Capítulo 6 ···236

Capítulo 7 ···240

Capítulo 8 ···241

Capítulo 9 ···243

Capítulo 10 ···244

Capítulo 11 ···248

Capítulo 12 ···251

Capítulo 13 ···252

Capítulo 14 ···254

Capítulo 15 ···255

Capítulo 16 ···258

Capítulo 17 ···261

Capítulo 18 ···263

Capítulo 19 ···264

Capítulo 20 ···268

Capítulo 21 ···271

Capítulo 22 ···274

Capítulo 23 ···276

Capítulo 24 ···277

Capítulo 25···278

Capítulo 26···280

Capítulo 27···281

Capítulo 28···285

Epílogo··287

PARTE CINCO – HOMEM DE FERRO　　289

Capítulo 11···291

Capítulo 12···293

Epílogo··296

HOMEM DE FERRO
PARTE UM

CAPÍTULO 1

— Vai comer alguma coisa?
— Tô sem fome.
— Você tem que comer alguma coisa.
— Não tenho que fazer nada. Sou rico. E essa é uma das melhores partes de ser rico. Não preciso fazer nada que eu não queira.

Happy Hogan soltou um suspiro longo e exagerado. Ele estava na entrada de uma oficina enorme, um ambiente muito iluminado e que continha computadores de ponta, robôs com braços giratórios e tecnologias que não viriam a existir fora daquele lugar por mais uns dez ou vinte anos. E, de pé no centro de tudo, vestindo uma armadura vermelha e dourada, havia um homem com cabelo preto e curto e cavanhaque combinando.

— Chefe, se você não comer, não vai poder fazer mais nada – disse Happy enquanto adentrava a oficina. Em uma mão, levava um saco de papel marrom, com gordura enchacando o fundo. Na outra, um copo descartável grande com um canudo dobrável vermelho vivo perfurando a tampa de plástico. – Juro por Deus, você parece criança. E sinto que tô fazendo papel de pai.

— Nesse caso, me lembre de não te contar que escondi um monte de doce aqui – respondeu Tony Stark, sem tirar os olhos do holograma que pairava diante de seus olhos. Ele estava olhando para mais uma iteração de sua armadura de Homem de Ferro. Era um projeto que nunca havia sido concluído. Stark aprimorava constantemente seus trajes, acrescentando melhora atrás de melhora, em uma missão interminável para tornar o Homem de Ferro o mais avançado defensor da Terra.

Happy foi até Stark e colocou o saco e o copo em uma mesa próxima a ele.

— Hambúrguer – disse.
— Picles? – Tony perguntou.

– Não.

– Milk-shake?

– De morango.

– Morango? Mesmo?

– Você adora o de morango.

Tony olhou para Happy, depois fez um aceno de cabeça.

– É verdade – disse, vivaz. – Sabia que tinha um motivo pra você ainda trabalhar pra mim. – Ele pegou o copo e tomou um gole com vontade.

– O que temos para hoje, chefe? – Happy perguntou. Tony olhou para o guarda-costas e amigo de longa data e viu uma mancha rosa significativa no paletó sob medida (e, não fosse a mancha, impecável), bem onde ele estava segurando o milk-shake.

Tony entregou um guardanapo a Happy.

– Quem é mesmo que faz papel de pai?

– É sério. O que está fazendo? Nova armadura? – interrogou Happy.

– Ah, o mesmo de sempre – respondeu Tony, botando o copo de novo na mesa e voltando para a interface holográfica. Ele estendeu a mão direita e cutucou um desenho esquemático azul e branco da armadura do Homem de Ferro. A armadura deu um giro. – Melhorias.

– Você mexeu nisso tantas vezes que até suas melhorias têm melhorias – Happy observou.

Tony virou a cabeça, estralando o pescoço.

– Está pensando em virar comediante? – perguntou. – Se estiver, seu *timing* é péssimo. Como seu amigo, acho que tenho intimidade pra te dizer isso.

– Você está enfiado aqui faz dois dias – observou Happy, ignorando o comentário do chefe. – Não tem nenhum incidente internacional no momento. Nada que exija a atenção dos Vingadores. O Nick Fury não entrou em contato. O que é tão importante, afinal? Por que se desgastar tan...

– Se eu não me desgasto, gente inocente morre – Tony disse, interrompendo Happy. – Simples assim.

CAPÍTULO 2

Nem sempre havia sido simples assim. Não para Tony Stark.

Houve um tempo em que Tony não era do ramo de salvar vidas. Ele era apenas do ramo dos negócios.

Falar que Tony Stark havia sido um jovem inteligente seria dizer pouco, muito pouco. Ele era a própria definição de gênio. Quando tinha apenas dezessete anos, Tony se formou como o melhor da turma no MIT. Ele parecia destinado à grandiosidade, moldado para tomar seu lugar de direito ao lado do pai nas Indústrias Stark.

Howard Stark tinha sido um sujeito brilhante. Ele fez seu nome – além de uma fortuna – na Segunda Guerra Mundial. Como fundador das Indústrias Stark, Howard Stark foi recrutado para um grupo ultrassecreto: a Reserva Científica Estratégica.

Foi trabalhando na RCE que Stark se envolveu em um dos experimentos mais importantes realizados durante a guerra. Algo chamado "Projeto Renascimento". Esse projeto foi idealizado para criar supersoldados, um exército capaz de encarar todo e qualquer desafio e de tornar o mundo um lugar mais seguro. Fruto da mente do dr. Abraham Erskine, o soro do supersoldado foi aplicado uma única vez, em um jovem franzino chamado Steve Rogers.

Desde pequeno, Tony se lembrava de seu pai contando tudo sobre o Capitão América: como ele era amigo de Steve Rogers, o homem, o mito, a lenda. Perto do fim da Segunda Guerra, o Capitão América desapareceu em alguma parte do Oceano Atlântico, em uma manobra para salvar a Costa Leste dos Estados Unidos. Tony ouviu essa história muitas e muitas vezes.

Estava cheio dessa história. Steve Rogers conseguiu algo que Tony nunca havia conseguido: passar tempo com o pai dele. Ter uma amizade que Tony nunca teria com Howard.

Howard Stark nunca tinha tempo para Tony. Era um jeito solitário de crescer, mesmo com a atenção e camaradagem do mordomo do pai, Edwin JARVIS. Tony amava JARVIS, tanto que, na hora de batizar a inteligência artificial que o auxiliaria em todas as suas empreitadas, ele escolheu o nome JARVIS, em homenagem ao homem que muitas vezes tinha sido mais pai para ele do que seu próprio pai biológico.

Quando Tony tinha 21 anos, seus pais faleceram em um acidente de carro sob circunstâncias misteriosas em Long Island. Em menos de um ano, Tony viraria CEO de uma empresa listada na Fortune 500.

Os negócios da família eram basicamente uma empresa que fabricava armas. Quando Tony Stark assumiu a posição de CEO, não viu motivo para mexer em um modelo de negócios que levara a companhia a um sucesso estrondoso. O homem que ajudava seu pai a dirigir a empresa, Obadiah Stane, também não viu motivo para alterar o status quo. Stane permaneceu na empresa após a morte de Howard Stark para mantê-la nos trilhos e tornou-se um mentor para Tony, ajudando-o com as atividades cotidianas.

Ou seja, fazendo armas cada vez maiores e mais mortíferas.

Tony nunca havia parado pra pensar nas consequências do que sua empresa fabricava e o impacto que as armas que ele fazia tinham no mundo real. Ele as fazia, as vendia e o modo como eram usadas, bem... Isso não lhe dizia respeito.

Tudo mudou no dia em que Tony viajou ao Afeganistão para mostrar a mais nova criação das Indústrias Stark: o míssil Jericho.

O míssil Jericho foi disparado, liberando várias ogivas, cada uma com seu próprio sistema de rastreio e guia. As ogivas buscaram aberturas e cavernas na cordilheira atrás de Tony, liberando uma cortina de explosões muito assustadoras.

Se Tony tivesse parado para pensar em como uma arma dessas seria usada, e o que poderia acontecer se caísse nas mãos erradas, talvez jamais tivesse ido ao Afeganistão naquele dia fatídico.

Mas, se não o tivesse feito, o mundo jamais teria seu Homem de Ferro.

E o Homem de Ferro jamais conheceria o Capitão América.

CAPITÃO AMÉRICA

LIVRO UM

CAPÍTULO 1
Berlim, Alemanha

— **E**xplique-me, pois quero muito ouvir a resposta. Digo, quero muito entender isso.

Everett Ross estava em uma sala de reunião sem janelas na base da Força-Tarefa Antiterrorismo, de costas para a porta trancada. Ele agarrou o colarinho duro da própria camisa e afrouxou a gravata. Depois, tirou o paletó e o colocou sobre o ombro direito. A sala estava quente, e esquentando ainda mais. Gotas de suor se formavam em sua testa, e ele as limpava com um lenço bem dobrado que ele tirara do bolso do paletó.

— Como uma das melhores agentes do mundo, no caso, a senhorita, simplesmente deixou dois procurados fugirem? — disse Ross, balançando a cabeça. — Ah, e a propósito, os "dois procurados" eram Steve Rogers e James Buchanan Barnes. O Capitão América e o Soldado Invernal.

— Eu sei quem são eles.

Remexendo sua postura, Ross olhou para o outro lado da sala, por sobre uma mesa pequena, e encarou o olhar direto e inflexível de Natasha Romanoff.

A Viúva Negra.

O cabelo ruivo envolvia seu rosto, que olhava quase impassível para Ross.

Ross voltou a falar, quase pedindo desculpas:

— Lamento pelo calor. O ar-condicionado quebrou. Sempre peço pra consertarem, mas, bem, sabe como é o governo.

Os lábios vermelhos de Natasha se abriram com um sorriso indiferente. Ela havia aprendido havia muito tempo a não entregar o que tinha em mente.

– Estou bem – disse, ainda sorrindo. – Com uma operação extraordinária dessas, era de se esperar que tivessem acesso a coisa melhor.

Ross deu de ombros.

– Não temos orçamento suficiente. Não somos exatamente a SHIELD – disse. – Por outro lado, a SHIELD também não é mais a SHIELD, não é mesmo?

Natasha ergueu a sobrancelha, decidindo se deixava Ross acreditar que aquela alfinetada improvisada a pegara desprevenida. Depois que se descobriu que a Hidra vinha operando de dentro da SHIELD há décadas, manipulando eventos, a Superintendência Humana de Intervenção, Espionagem, Logística e Dissuasão tinha basicamente desmoronado.

No que dizia respeito a Natasha, isso estava em um passado distante. Se Ross quisesse deixá-la nervosa ou desarmá-la, teria que se esforçar mais. Muito mais. "Fui interrogada por especialistas", pensou ela. "Especialistas com ar-condicionado ainda pior."

– Você quer saber o que aconteceu no aeroporto – Natasha enfim deu a deixa, rompendo o silêncio incômodo que havia se formado.

Ross bateu as palmas da mão.

– Isso! O aeroporto! O que ocorreu no aeroporto?

– Eu segui minhas ordens – respondeu Natasha, a sangue frio.

– Suas ordens – retrucou Ross com veemência – eram para deter Rogers e Barnes.

– Essas eram as ordens de Tony Stark – Natasha corrigiu. – As *minhas* ordens eram para impedir que chegassem ao hangar. E foi o que eu fiz.

Ross olhou para Natasha, sem pestanejar.

– Está falando sério?

Natasha ergueu uma sobrancelha novamente.

– Está dizendo que os impediu de chegarem ao hangar e, depois, recolheu-se, deixou que entrassem no hangar, subissem em um Quinjet e decolassem.

– Eu os deixei fugir, se é o que está tentando dizer – Natasha declarou.

Ross mordeu o lábio inferior.

– Que parte de *impedi-los* você não entendeu?

Natasha inclinou a cabeça e devolveu o olhar a Ross. O sorriso em momento algum havia deixado seu rosto.

CAPÍTULO 2

Desde aquele momento no hangar, quando ela deixou Rogers e Barnes partirem, Natasha sabia que haveria consequências.

Sempre havia consequências.

Os Vingadores aprenderam isso do jeito difícil. Fosse detendo a invasão dos chitauris na cidade de Nova York, fosse evitando que a IA rebelde de nome Ultron eliminasse os humanos da face da Terra, um preço alto sempre tinha que ser pago.

Em Nova York, foram vítimas e destruição.

Em Sokovia, onde enfrentaram Ultron, também.

Houve outros incidentes, sem dúvida. Como o esforço dos Vingadores em impedir que Brock Rumlow, antigo agente da Hidra, obtivesse armas biológicas de um laboratório em Lagos, na Nigéria. Os Vingadores detiveram Rumlow, mas, durante o conflito, Wanda Maximoff não conseguiu controlar seus poderes incríveis. O acidente resultou na morte de vários civis.

Foram esses eventos que levaram os governos ao redor do mundo a agirem. Eles decidiram que o mundo não podia mais se dar ao luxo de permitir que os Vingadores atuassem sem supervisão. Havia vidas demais em jogo.

Assim nasceu o Tratado de Sokovia: um documento jurídico aprovado por 117 países. Segundo o tratado, os Vingadores ficariam sob supervisão direta das Nações Unidas. Quando, e somente quando, a ONU considerasse necessário, os Vingadores entrariam em ação.

Tony Stark sentiu que era um preço pequeno a se pagar para manter os Vingadores unidos, para garantir segurança a um mundo que precisava muito deles. Era algo que ele estava disposto a aceitar. Ele tentou convencer os demais Vingadores.

Steve Rogers, o Capitão América, tinha outro ponto de vista. Quanto tempo levaria para que alguém pedisse aos Vingadores para servir um interesse político, em vez das pessoas que eles juraram proteger? O Tratado de Sokovia criava uma área cinzenta estranha que deixava Rogers extremamente incomodado.

Stark fazia parte de um grupo de heróis dispostos a aceitar o tratado.

Rogers fazia parte do outro grupo.

Tony recebeu a missão de apreender Rogers e Barnes e deixá-los sob a custódia do secretário de Estado Thaddeus Ross, um dos articuladores por trás do Tratado de Sokovia. Para cumprir a tarefa, Stark reuniu sua própria equipe, que incluía Natasha, além de James Rhodes (como Máquina de Combate), Visão e o príncipe de Wakanda, T'Challa; em dado momento, chamou até mesmo um adolescente do Queens, em Nova York, com poderes aracnídeos incríveis.

Na época, Natasha acreditava que Tony tinha razão.

A equipe de Tony confrontou Rogers e Barnes no aeroporto de Leipzig/Halle, na Alemanha. Rogers havia formado sua própria equipe de heróis, composta por ele próprio, Barnes, Clint Barton (o Gavião Arqueiro), Sam Wilson (o Falcão), Wanda Maximoff (a Feiticeira Escarlate) e Scott Lang (o Homem-Formiga). Eles pretendiam fugir da Alemanha para que Rogers fosse atrás de uma pista na Sibéria. Mas o barulho das sirenes do aeroporto deixou claro que havia algo de errado. Foi nesse momento que os Vingadores de Tony surgiram, enfrentando Rogers e sua equipe.

Natasha começou a prestar atenção quando Ross voltou a falar. Era importante lembrar-se de como ela havia parado ali, mas a conversa de verdade estava prestes a começar.

– Não estamos com o Capitão América e o Soldado Invernal ainda – disse Ross. – Mas temos os demais. Barton, Maximoff, Lang, Wilson. Estão todos sob nossa custódia. Ross está com eles. O outro Ross, no caso.

Ele se referia ao general Thaddeus Ross, que havia liderado os esforços para subjugar os Vingadores.

– E onde eles estão? Aqui? Posso vê-los? – Natasha perguntou com inocência.

– A senhorita sabe muito bem que eles não estão aqui – Ross respondeu. – E sabe também que não posso contar onde estão.

Natasha estava jogando pôquer com Ross. Ela sabia disso. Ele também. Ela decidiu que era hora de mostrar a Ross uma de suas cartas, fazer o jogo avançar.

– Na Balsa – Natasha disse sem emoção.

A Balsa era um segredo muito bem guardado do governo dos EUA. Mas Natasha sabia que ela funcionava como prisão de segurança máxima no meio do Oceano Pacífico.

– A Balsa – Ross respondeu, sem titubear – não existe. E mesmo se *existisse*, eu não saberia nada a respeito disso. É algo que seria da alçada do secretário Ross.

– O outro Ross – Natasha disse, sorrindo.

– Você tem sorte de não estar trancafiada com os demais – disse Ross. – Sabe, o bom e velho Thunderbolt queria colocar você junto deles. Mas eu intervim.

– É mesmo? – Natasha disse, permitindo que uma pitada de surpresa temperasse sua voz. Nada surpreendia Natasha Romanoff. Não mais.

– Mesmo. Porque eu sei que na hora que importa, a Viúva Negra fará a coisa certa.

Natasha pensou por um momento, tentando decifrar Ross. Ele não manifestava o sarcasmo de sempre; na verdade, parecia falar com sinceridade. Acreditava mesmo no que dissera, que ela faria a coisa certa.

– Tive um bom professor – Natasha disse, baixo.

– Stever Rogers – Everett Ross sugeriu.

Ela fez que sim com a cabeça.

CAPÍTULO 3

Todos conheciam a história de Steve Rogers.
Mesmo na Rússia, onde Natasha Romanoff tinha nascido e crescido, ouviam-se as histórias do lendário Capitão América. O chamado "Primeiro Vingador".

Recrutada muito nova pela KGB, o Comitê de Segurança do Estado, Natasha fora doutrinada para o mundo da espionagem e assassinato no infame programa Sala Vermelha. Não foi o que se poderia chamar de infância.

Sua vida era repleta de dores – sobretudo a dor que ela causava nos alvos de seus instrutores. Era seu trabalho. Ela era boa nele.

Se Natasha se permitisse refletir acerca de tudo o que havia feito em sua vida, sobre todas as pessoas às quais ela causara dor, a culpa por si só a esmagaria. Parte do treinamento que ela recebera da KGB permitiu que ela compartimentasse essas reflexões, colocasse o sentimento de culpa e de responsabilidade por suas ações em caixinhas bem seladas e as enterrasse bem fundo.

Ela achava que essas caixas permaneceriam seladas e enterradas para sempre.

Mas nada fica para sempre debaixo da terra.

Em seus momentos mais íntimos, Natasha se permitia um luxo raro: reconhecer, mesmo que muito brevemente, que existia certo e errado.

Que se podia existir para fazer apenas o bem.

As histórias de Steve Rogers, aquelas das quais se lembrava, eram prova disso.

Conforme Natasha subia na hierarquia, ela mantinha a ideia do Capitão América em algum lugar nos confins de sua mente. Em seu mundo, *bem* e *mal* eram apenas palavras – conceitos que significavam tanto quanto *quente* ou *frio*. Então, era difícil para ela acreditar que um homem como Steve Rogers houvesse existido. Um homem tão *bom* assim não era possível. Um homem assim jamais poderia fazer parte de seu mundo, ela pensava. Um homem assim só poderia ser fruto de tempos mais antigos, mais ingênuos.

Natasha viveu como espiã e assassina, a serviço da KGB. Foi nesse período, em uma de suas missões, que ela cruzou o caminho da SHIELD; de um agente, em específico. Clint Barton. Codinome Gavião Arqueiro, um atirador letal. Assim que a Viúva Negra apareceu no radar da SHIELD, Barton recebeu a ordem do próprio diretor Nick Fury: eliminar Natasha Romanoff.

Barton encontrou Natasha e conseguiu ter vantagem sobre ela. Ele tinha ordens. Mas foram ordens que se recusou a seguir. Ao confrontar Natasha, ele hesitou. Viu algo em sua presa: uma luz. Algo dentro dela. Algo bom. Em vez de cumprir a ordem de eliminá-la, Barton recomendou a Fury que Natasha fosse recrutada pela SHIELD.

Depois de um tempo, Fury a recrutou para integrar a Iniciativa Vingadores. Junto a Barton, Natasha se juntou ao bilionário Tony Stark; o cientista Bruce Banner, que às vezes também era o Hulk; um asgardiano de nome Thor... e Steve Rogers.

O Capitão América.

Por décadas, o mundo acreditou que Steve Rogers havia morrido pouco antes do fim da Segunda Guerra Mundial. Lutando contra as forças da Hidra no território de guerra europeu, Rogers e sua equipe do Comando Selvagem acabavam com o inimigo. Um inimigo que Rogers descobriu ser liderado pelo experimento fracassado de Abraham Erskine, Johann Schmidt. Também conhecido como o Caveira Vermelha.

No que viria a ser a última missão de Rogers, o Comando Selvagem atacou uma base secreta da Hidra para impedir que o Caveira Vermelha lançasse um ataque aéreo em larga escala contra os Estados Unidos. Rogers aparentemente havia dado sua vida para conseguir impedir o ataque.

Na verdade, Rogers não havia morrido. O avião que ele pilotava caiu nas águas gélidas do Ártico. Inconsciente, ele afundou no oceano gelado, tendo o corpo congelado e entrando em um estado de animação suspensa. Ele permaneceria congelado no tempo, sem envelhecer, à deriva nas correntes oceânicas, por quase setenta anos.

E então, um dia, o impensável aconteceu. O Capitão América despertou nos tempos presentes, encontrado e reanimado por uma equipe de resgate da SHIELD. São e salvo, sem envelhecer um dia a mais em relação a como era durante a Segunda Guerra. Mas ele era um homem fora de seu tempo. Quase todos que ele conhecia estavam mortos. Rogers era um homem em busca de um propósito, de um lugar ao qual pudesse pertencer. Fury ofereceu a Rogers um lugar na recém-formada equipe dos Vingadores. Uma chance de fazer parte desse admirável mundo novo... uma chance de fazer o bem.

É óbvio que Rogers aceitou.

Era quase inconcebível para Natasha o fato de que esse sujeito bondoso agora fazia parte de sua vida.

Todos conheciam a história de Steve Rogers.

Agora Natasha fazia parte dela.

CAPÍTULO 4

Natasha não esperava reagir como reagiu. Não que Ross tivesse como saber. Seu rosto e linguagem corporal não entregaram nada.

Quando Ross mencionou o Capitão América... Steve... Isso pegou em um nervo. Para Natasha, Steve Rogers era um amigo de confiança, um mentor. Ela não gostava que Ross o usasse dessa maneira. Que o usasse para mexer com ela.

Ela olhou para a parede acima da porta e fitou os ponteiros do relógio antigo. Eram 17h30. O plano deles já estava em andamento. Não havia como voltar atrás. Agora a questão era manter Ross distraído enquanto ela o sondava para obter informações. Sem que ele soubesse disso.

Com um sujeito como Everett Ross, isso era mais fácil de se falar do que de se fazer. Ross trabalhava para a Força-Tarefa Antiterrorismo, mas também era agente da CIA. Natasha sabia que Everett Ross era coisa séria.

– Conte mais sobre o Capitão América – disse Ross. Ao perceber que Natasha olhava para o relógio, ele virou o olhar. – A menos que tenha outro compromisso. Digo, não estou te atrapalhando em nada, ou estou?

– Já perdi minha aula de *step* – ela respondeu. – Está tudo bem. Me diga o que quer saber. Fico mais do que contente em responder suas perguntas.

Ross enxugou a testa novamente e olhou para Natasha.

– Estou certo de que fica. Bem, comecemos com o óbvio. Pode me dizer por que a lenda viva da Segunda Guerra Mundial colocou tudo em risco para ajudar um assassino? E nem mesmo um assassino qualquer. O Soldado Invernal. Achei que você poderia me dar alguma perspectiva, sendo você mesma uma assassina e tudo o mais.

Natasha inclinou a cabeça para um lado.

— Você já sabe de tudo. É um sujeito inteligente, Ross, já leu os relatórios. Falou com o Rogers pessoalmente. Mas já que pergunta, se quer resposta para essa questão, tem que voltar a 1942 — respondeu.

— O ano em que Steve Rogers virou o Capitão América.

— O ano em que James Barnes deixou o país para lutar na guerra — Natasha acrescentou. — Em que Rogers viu o melhor amigo partir e achou que jamais o veria novamente.

Ross ficou em silêncio por um momento.

— Ele era um 4F, sabia? "Fisicamente incapacitado para o serviço militar". Isso não o impediu de se alistar. Em Nova York, em Nova Jersey. Acho que ele foi até mesmo a Connecticut para tentar se alistar. Para encontrar qualquer lugar em que talvez o deixassem servir, lutar por seu país. Não há muita gente assim no país.

— Isso consta no relatório — disse Ross, deixando escapar um ligeiro sinal de tédio.

— Ele não podia ficar sentado sem fazer nada — Natasha continuou. — Steve Rogers não é assim. Por isso ele agarrou a oportunidade.

★

"A oportunidade."

Na sua última tentativa de entrar no exército, Steve Rogers finalmente chamou atenção. Não de nenhum oficial. Mas de um só médico.

Abraham Erskine.

Erskine era um sujeito paternal que escapara da tirania da Alemanha e encontrara a liberdade nos Estados Unidos. Um homem que acreditava ter uma solução inigualável que podia mudar o rumo da guerra, permitindo que as forças da luz vencessem as forças das trevas. Era um projeto no qual ele vinha trabalhando há anos.

Tratava-se do soro do supersoldado.

Ele havia tentado aperfeiçoá-lo quando ainda estava na Alemanha, e foi forçado a usá-lo contra a vontade em um homem chamado Johann Schmidt. Porém, o soro ainda não estava terminado na época. Funcionou, mas teve um efeito terrível em Schmidt. De algum modo, o soro pegou toda a ambição inescrupulosa de Schmidt – seu desejo de provar sua superioridade em relação aos demais homens – e a ampliou. O soro modificou seu rosto, retorceu-o, até que sua face se parecesse com nada mais que uma máscara mortuária: uma caveira horrenda de tom vermelho-sangue.

Horrorizado e angustiado pela culpa, Erskine esperava aperfeiçoar o soro do supersoldado para reparar o que havia feito. Nos Estados Unidos, deu continuidade a seus experimentos até que tudo o que faltava era selecionar um voluntário para testes.

Desde o dia fatídico no centro de recrutamento do exército americano no Queens, em Nova York, em que ele conheceu Steve Rogers, um jovem aspirante a militar que compensava em paixão e dedicação o que lhe faltava de força física, Erskine acreditava que havia encontrado o candidato perfeito. Rogers era um coitado. Um sujeito que tinha sido vitimado a vida toda e que não gostava de gente que achava estar acima dos demais. Ele sabia como era ser fraco. Era bom por natureza. Se o soro do supersoldado aumentasse de fato tudo que havia dentro de alguém, sem dúvida ele transformaria Steve Rogers no melhor que a humanidade tinha a oferecer.

Mas antes, Erskine teria de convencer o homem no comando.

O coronel Chester Philips.

Philips não achava que Steve Rogers seria um supersoldado algum dia. Os outros candidatos, afinal, não aparentavam que sairiam voando se o vento soprasse forte. E esses candidatos tinham o selo aprovado pelo governo em que se lia "soldado" estampado na testa. Apesar de argumentos de Erskine e de Peggy Carter, a oficial da Reserva Científica Estratégica que resgatara

Erskine de sua servidão cativa na Alemanha, Phillips não cedia. Carter vinha trabalhando lado a lado com Erskine, procurando avidamente pelo candidato mais qualificado para o chamado Projeto Renascimento, que daria ao mundo o primeiro supersoldado.

A conversa entre Phillips e Erskine foi mais ou menos assim:

– *Você não está mesmo considerando escolher Rogers, está? – Phillips para Erskine.*

– *Não é mera consideração. – Erskine para Phillips. – Ele é claramente a melhor escolha.*

– *Quando o senhor trouxe um asmático de quarenta quilos para uma base do exército, eu deixei passar. Achei que talvez ele tivesse utilidade pra você, como um ratinho. Nunca achei que acabaria sendo a sua escolha.*

Mas no fim, ele *foi* a escolha de Erskine.

Não por ser o mais forte; pois ele não era.

Não por ser o mais rápido; pois ele não era.

Mas Rogers era o mais corajoso. Era o que tinha mais garra.

E era bom.

CAPÍTULO 5

Natasha se perguntava se Ross fazia ideia do que ocorria de fato. Se sabia do motivo de ela concordar em vir ser interrogada. Ross fez parecer que ela não tinha outra opção. Mas ela sabia que sempre havia outras opções.

Fazia quase quinze minutos que estavam conversando, ela e Ross. Natasha revisou o plano em sua mente e imaginou o que Steve fazia naquele exato momento. A essa altura, ele deveria ter localizado a Balsa e encontrado uma entrada. Se ele tivesse atentado bem para as instruções dela, conseguiria entrar sem ser detectado. Ela era especialista em discrição, afinal. Em seguida, ele teria que agir rápido se pretendia libertar os outros e escapar.

– A senhorita parece saber todos os detalhes da vida do Capitão Rogers – observou Ross. – Houve uma prova quando você se juntou aos Vingadores? Múltipla escolha? Redação?

– Considero parte do meu trabalho saber tudo o que há para se saber de meus colegas. Não tenho dúvida de que o senhor faz o mesmo.

Ross aquiesceu com a cabeça.

– Claro, claro que sim. Por exemplo, veja o Henderson... sabe, o sujeito ali no corredor, com gravata fina? Sei que o Henderson detesta café com leite. De-tes-ta.

– É a mesma coisa – ela disse, sem um traço de sarcasmo na voz.

– A mesma coisa – ele concordou.

O experimento do soro do supersoldado conduzido no magrelo de nome Steve Rogers teve sucesso. Erskine conseguiu o impossível. Em menos de um minuto, Rogers havia virado um espécime de físico estonteante – o auge da perfeição humana.

Com o experimento concluído, o soro do supersoldado poderia ser injetado em um exército inteiro, produzindo regimentos e mais regimentos de tropas que derrotariam os inimigos da liberdade.

Por um breve momento de luz, parecia que seria isso que aconteceria. Mas a bala que acabou com a vida de Erskine garantiu que o segredo do soro do supersoldado morresse com ele. Haveria apenas um supersoldado.

Steve Rogers.

– Não estou questionando o fato de que Rogers serviu a este país fielmente e muito além do seu dever – Ross disse, de braços cruzados e apoiado à porta. – O que coloco em questão é o fato de que ele colocou tudo em risco para ajudar...

– O amigo – Natasha disse, completando a fala de Ross. – Barnes era o melhor amigo dele. Rogers achou que ele havia morrido tentando deter Arnim Zola...

– E enfrentando a Hidra, sei disso – ele completou, retribuindo o favor. – Mas parece que Barnes não morreu, e acabou indo trabalhar para a Hidra.

– Não foi culpa dele – Natasha observou, sabendo que suas palavras provavelmente entrariam por um ouvido e sairiam por outro. – Barnes não tinha controle sobre si próprio. A Hidra submeteu-o a uma lavagem cerebral. A uma reprogramação.

Houve mais um momento de silêncio constrangedor. Natasha se perguntou se Steve havia chegado ao andar no qual os demais Vingadores estavam encarcerados.

– Onde você acha que ele está agora? – Ross perguntou.

Natasha inclinou a cabeça levemente para a esquerda, como sinal de que não sabia aonde Ross queria chegar. Mas é claro que ela sabia.

– Rogers. – Ross esclareceu, sem conseguir deixar à mostra sua frustração por estar conseguindo tirar muito pouco dela. Ele sabia que ela estava enrolando. Só não sabia ao certo por quê. – Para onde acha que ele foi? Depois da Sibéria, digo.

– E como eu iria saber? – ela respondeu. – Não sou dona dele.

– Achei que considerasse parte do seu trabalho saber tudo o que há para se saber de seus colegas – Ross respondeu, sem pestanejar.

Natasha o encarou também.

CAPÍTULO 6

Enquanto eles estavam ali, acontecimentos percorriam a mente de Natasha como se tivessem sido ontem. Como se houvessem acontecido com ela.

De certo modo, ela sentiu que *haviam* acontecido com ela. Ela lera os relatórios. Conhecia a lenda.

Ouvir em primeira mão de Rogers sobre o modo como ele havia perdido o melhor amigo despertou em Natasha um sentimento que ela não tinha fazia muito tempo.

Empatia. Por um amigo.

Ela não conseguia deixar de pensar na perda de Steve Rogers.

A morte era uma companhia constante na vida de Natasha; o que também era o caso para Steve Rogers. Contudo, no caso de Rogers, a morte da pessoa mais importante do mundo para ele se revelou uma farsa.

Uma farsa cruel e doentia.

★

– Está entediada? – Ross perguntou. – Ou é o calor? Posso trazer água. Não sou um monstro.

Arrancada dos próprios pensamentos, Natasha piscou os olhos.

– Estou bem – disse. – Eu beberia água, mas sem pressa. Por que está tão preocupado com o paradeiro de Steve Rogers?

Ross elevou os ombros, depois desencostou da porta. Pela primeira vez desde que haviam se confinado na sala de reuniões, ele puxou uma cadeira e se sentou à mesa.

– Eu sei que ele é um bom sujeito – disse. – Não preciso ser convencido. Mas sei que alguém tão bom assim... que sempre faz a coisa certa... Bem, alguém assim pode ter ideias.

– Ideias de que tipo? – Natasha perguntou, entrando na personagem.

– Bem, ir para a Sibéria, pra começo de conversa – respondeu Ross. – Depois que você permitiu que Rogers e Barnes deixassem Berlim, sei que eles foram à Sibéria para deter Zemo.

Ele se referia a Helmut Zemo, que havia arquitetado um plano para destruir os Vingadores de dentro pra fora, colocando aliados contra aliados, amigos contra amigos.

Steve Rogers contra Tony Stark.

O plano de Zemo resultou em um confronto homérico entre Rogers e Stark em uma base da Hidra escondida nos confins da Sibéria. Ele manipulou acontecimentos, usando o Soldado Invernal como ferramenta. Natasha e Rogers descobriram que, por mais incrível que parecesse, Barnes havia sido responsável pela morte dos pais de Stark, Howard e Maria.

Ao revelar esse segredo, Zemo conseguiu colocar Tony Stark contra Steve Rogers. Stark ficou perplexo ao descobrir, finalmente, quem era o responsável por ele não ter mais seus pais. Rogers não estava disposto a ver seu melhor amigo executado por crimes que foram cometidos enquanto ele ainda estava sob efeito da lavagem cerebral.

Em muitos aspectos, foi um plano brilhante. Que quase teve sucesso, inclusive.

– A lealdade tem um efeito curioso nas pessoas – Natasha disse, sem emoção.

Ross suspirou.

– Sem dúvida – respondeu, de repente vislumbrando algo em seu olhar. – Imagino que seja por isso que você está aqui.

Natasha sorriu. Então era isso.

Ele sabia.

CAPÍTULO 7

– Estou aqui porque você ameaçou me prender se eu não comparecesse – Natasha disse. Essa parte era verdade. Depois da batalha no aeroporto, Natasha permaneceu em Berlim, esperando Steve se manifestar. Esperando para descobrir o que aconteceria após a viagem dele até a Sibéria.

Ao lidar com as autoridades alemãs no aeroporto e com as consequências da luta entre os heróis, ela sabia que era mera questão de tempo para que Ross e seu pessoal tentassem trazê-la para interrogatório. Só esperava que Steve entrasse em contato com ela antes disso, o que determinaria se Natasha deixaria que Ross a levasse ou se sairia de Berlim como se nunca tivesse estado lá.

No último minuto, ela recebeu uma chamada de Steve. Havia planos em andamento. Ele precisaria da ajuda dela. Ela concordou em ajudar sem perguntas ou ressalvas.

Era o mínimo que podia fazer.

Ross balançou a cabeça.

– Nós dois sabemos que isso é mentira – disse. – Nós dois sabemos que eu não teria como trazê-la para cá a não ser que você quisesse estar aqui. Você é a Viúva Negra, ora essa! Você poderia acabar comigo e com a minha equipe, depois correr até uma praça movimentada e *puf!*, desaparecer.

Natasha olhou para Ross, impressionada. Ele havia feito a lição de casa.

– Não, você só está aqui porque estar aqui convém a seus objetivos. Ou isso, ou você quer algo – Ross considerou. Ele virou a cabeça e ergueu uma sobrancelha. – Ou seriam as duas coisas?

Natasha afastou o corpo da mesa e olhou de novo para o relógio. "Steve deve estar quase acabando a essa altura", ela pensou. E decidiu que poderia deixar escapar uma informação. Teria de fazê-lo, cedo ou tarde, se pretendia conseguir tudo o que queria.

– Por que *você* acha que estou aqui? – ela perguntou.

– Acho que você é uma distração. De algo que está acontecendo agora mesmo. Ou que, provavelmente, já aconteceu. – Ele olhou para o relógio. – Na Balsa.

– A Balsa não existe – Natasha rebateu, com sagacidade.

– Nós dois sabemos muito bem que a Balsa existe – disse Ross, revirando os olhos. – Eu só sou obrigado a *dizer* que não existe. Para simplificar, vamos partir do princípio de que tudo o que você sabe, eu sei, e tudo o que eu sei, você *acha* que sabe. É justo?

– Se é o que você diz.

– Que seja. Então, Rogers está na Balsa agora, fazendo a coisa certa. E por "a coisa certa", entenda fazer alguma idiotice como tentar soltar certos indivíduos importantes, digamos. Certo? – Ross perguntou, mas soava mais como uma afirmação factual.

– Isso depende – Natasha rebateu. – *Você* vai tentar fazer "a coisa certa" se eu disser que sim?

O jogo começara. Gato e rato.

Natasha estava em território familiar.

Ross fez um aceno de cabeça.

– O que penso é o seguinte: se eu tentar alertar qualquer um a respeito das atividades presentes ou passadas de Rogers, você colocaria minha cabeça em uma chave de perna, cortaria meu fluxo de oxigênio e me deixaria inconsciente antes que eu pudesse sequer olhar para um telefone.

– Talvez eu deixasse você *olhar* para o telefone – Natasha disse, calma. – Mas não o deixaria usá-lo.

Ross riu. Natasha hesitou, depois decidiu que um pouco de riso por parte dela não faria mal algum.

– Como você descobriu? – Natasha perguntou.

– Sobre a Balsa – Ross perguntou – ou sobre a outra parte?

O coração de Natasha parou por um instante. Como Ross poderia saber da "outra parte"?

CAPÍTULO 8

—Se Steve Rogers *tivesse* decidido ir à Balsa — Natasha disse, olhando novamente para o relógio — e eu não disse que esse é o caso, a essa altura ele já teria saído de lá há um bom tempo.

— Não tenho dúvidas — Ross disse, estalando a língua. — Estou certo de que Rogers aprendeu muito ao andar com você. E imagino que ele tenha levado com ele as seguintes pessoas...

A voz de Ross se esvaiu ao passo que ele pegava seu celular. Ele se deteve, depois olhou para Natasha com hesitação.

— Só quero lhe mostrar algo — disse. — Então, bem... por favor, não arranque minha cabeça.

Natasha pareceu considerar seriamente a sugestão por um instante; depois, aprovou com um aceno de cabeça.

Ross ligou o aparelho e deslizou o dedo por ele.

— Sam Wilson... vulgo Falcão. Scott Lang... vulgo Homem-Formiga. Quem escolhe um nome desses, Homem-Formiga? — Ross deu um riso leve. — Vejamos... quem mais? Clint Barton, é claro. Wanda Maximoff. Isso é tudo? Esqueci de incluir alguém?

Natasha não disse nada. Não acreditava em dizer algo só por dizer. E não pretendia entregar os amigos. Em vez disso, esperaria para ver o quanto Ross sabia de fato.

— Não precisa responder. É óbvio — Ross disse. Ele olhou para o telefone por um momento e depois apertou vários botões. — É óbvio também porque acabo de receber um relato de que a Balsa está passando por "dificuldades técnicas".

Novamente, tudo o que Ross obteve foi silêncio. O ar quente da sala parecia esquentar ainda mais.

— Você quer mesmo me dar um cansaço, hein? — ele prosseguiu, deixando o telefone na mesa entre eles e enxugando a testa mais uma vez. – "Dificuldades técnicas" é código para "um doido de vermelho, branco e azul invadiu nossa base e escapou com alguns dos prisioneiros".

Finalmente, Natasha rompeu o silêncio.

– Parece que você sabe de tudo. Por que está contando isso pra mim, então?

– Porque eu *não* sei de tudo – Ross rebateu. – Por mais que eu não goste de admitir. Quero saber o que é tão importante para o Capitão América para fazê-lo invadir uma prisão do governo que não existe para resgatar um bando de... – Ross se deteve.

– Então agora ele está resgatando os Vingadores, não "escapando com eles" – Natasha apontou. – É culpa? – Ela reprovou com estalos de língua. – Ross, você é melhor que isso.

Ross balançou a cabeça e começou a rir.

– Você é boa. Boa mesmo. Tentando entrar na minha cabeça. Bem, você está certa: eu sinto culpa, sim. Quem persegue o Capitão América *sem* sentir culpa, diabos? Ele salvou o mundo! Os Vingadores salvaram o mundo! Você acha que isso é fácil?

Natasha permaneceu imóvel.

Ross levou as mãos ao rosto e o massageou por uns cinco segundos. Depois, juntou as mãos e as esfregou.

– Dentro de dois minutos, vou receber uma ligação do secretário de Estado. Ele vai me contar o que aconteceu e perguntar o que farei a respeito. Ele estará furioso. Você já ouviu Thaddeus Ross quando ele fica nervoso?

Balançando pra frente e pra trás na cadeira, Ross continuou:

– E quer saber de uma coisa muito engraçada? Eu vou ignorar essa chamada. Quando o telefone tocar e eu vir o nome dele na tela, vou ignorar. Porque eu quero saber o verdadeiro motivo de você estar aqui.

– A outra parte – Natasha sugeriu.

– Falemos da outra parte, então. Porque cedo ou tarde eu vou ter que atender o telefonema. E se você não estiver fora desse prédio até lá, aí você de fato será presa e, apesar do que eu disse antes, eu vou sim impedir que você saia daqui. Tenho como fazê-lo. Você sabe disso.

– Por que está fazendo isso? – Natasha perguntou, curiosa.

– Fazendo o quê? A sua "coisa certa"? Porque eu gosto de ser punido. E porque, com ou sem tratado, o mundo precisa dos Vingadores. Precisa de Steve Rogers. Precisa de você. Então vamos lá, o que deseja saber?

CAPÍTULO 9

Quase que na mesma hora, o telefone de Ross começou a vibrar. Ele nem se deu ao trabalho de olhar para ele.

– Temos captado alguns rumores. Algo em andamento na fronteira entre o Afeganistão e o Tajiquistão. Algo envolvendo tráfico de armas – Natasha começou. – E os envolvidos pretendem usar essas armas para causar muitos problemas.

– E agora vocês estão indo atrás de problemas? – disse Ross. Natasha olhou sem expressão para ele, que desconsiderou o próprio comentário com um gesto. – O que quer saber?

– Coordenadas – ela disse. Pela primeira vez, ela permitiu que uma noção de urgência invadisse sua voz. – Sabemos que as armas que eles planejam usar são chitauris.

– Chitauris? Como os chitauris da Batalha de Nova York?

Natasha fez que sim.

– Muita tecnologia foi deixada na Terra após a batalha.

– Sim, sabemos disso – Ross falou, coçando o queixo. – Temos ouvido a mesma conversa. Tenho a sensação de que esse será um problema significativo de agora em diante.

– Já é um problema significativo agora mesmo. Assim que Steve terminar suas... atividades, vamos viajar para lá e interromper essa situação em andamento na fronteira.

O telefone na mesa começou a vibrar mais uma vez. Dessa vez, foi acompanhado de batidas à porta da sala de reuniões. Não havia janelas naquela sala, então Ross não tinha como saber quem era. Mas ele tinha um bom palpite.

– Vamos logo com isso – ele disse, com pressa. – Coordenadas, tenho aqui.

Ross pegou o celular, deslizou a tela e moveu o dedo indicador da mão direita com rapidez e precisão. Em seguida, colocou a tela diante de Natasha. Era um mapa da fronteira do Afeganistão, mostrando coordenadas fixas. Cinco, quatro, três, dois, um. Ele fechou a tela.

– Eu nunca te mostrei nada.

– Nunca – Natasha disse, levantando-se.

– Mas você vai impedir essas pessoas de fazerem o que têm em mente, seja o que for. Minhas mãos estão atadas quanto a isso. Não poderia ajudar nem se eu quisesse.

– E você não quer? – ela falou, com um sorriso sardônico.

Ross não sorriu em resposta. Só olhou para Natasha e disse:

– Você não esteve aqui.

– Sou um fantasma – Natasha respondeu.

– Então imagino que tenha como sair de uma sala de reuniões trancada e sem janelas? – Ross perguntou, parecendo legitimamente curioso.

– É só sair da sala que você vai descobrir – Natasha disse.

E foi assim que o interrogatório se encerrou. Ross se levantou de sua cadeira e foi até a porta, à qual alguém ainda batia. Ele olhou para Natasha, depois abriu a porta só um pouco, o suficiente para sair da sala sem revelar quem estava ali dentro.

– Por que está me incomodando? – Ross disse para a pessoa do outro lado. – Dei ordens expressas para não ser incomodado a não ser que fosse uma chamada do próprio Ross!

– Ahn, senhor, é uma chamada do Ross – a pessoa respondeu. – Ele está tentando contatá-lo no telefone faz dez minutos.

– Sério? – Natasha ouviu Everett Ross dizer. – Essa sala não deve ter sinal.

*

Everett respirou fundo e entrou novamente na sala de reuniões. A porta havia permanecido fechada desde a sua saída. Ele sabia que ninguém havia saído. Ele ficou de olho na sala o tempo todo enquanto estava no telefone. Mas, quando abriu a porta, não ficou nem um pouco surpreso por não encontrar ninguém lá.

Fiel à sua palavra, Natasha Romanoff parecia ter atravessado as paredes, como se nunca tivesse estado lá. Como um fantasma.

– Queria muito saber como ela faz isso – Ross disse à sala vazia. O telefone em sua mão começou a vibrar novamente. Ele suspirou e foi em direção à porta. – Alô?

CAPÍTULO 10

—E star livre novamente é um sopro de ar fresco – disse Sam Wilson, arrumando seu cinto de segurança.
— Diria que o ar está frio – Natasha respondeu. Ela estava sentada, com o cinto ajustado na cadeira, enquanto o veículo pairava sobre a costa leste da Romênia, em direção ao Mar Negro.

Haviam se passado várias semanas desde sua conversa com Everett Ross. Nesse ínterim, ela reuniu-se com Rogers e Wilson. Ela conhecia Sam fazia apenas alguns anos, quando ela e Steve Rogers viraram foragidos da SHIELD – mais precisamente, da Hidra. Sam deu a eles um lugar onde se esconder, depois se ofereceu para ajudar com seus talentos consideráveis. Desde então, Sam havia virado também um Vingador e um amigo de confiança.

— Posso subir a temperatura do ar-condicionado, se quiser – Steve Rogers respondeu. – Eu passei setenta anos no gelo, então minha noção de frio não é bem a mesma que a do resto do mundo.

— E você não era ruiva da última vez que nos vimos? – Sam comentou, meneando a cabeça para a cabeleira agora loura de Natasha.

— Era hora de mudar – ela respondeu.

— E você – Sam disse, voltando-se para o Capitão América. – Não tem barbeador?

Steve pareceu ficar na defensiva ao passar a mão na barba.

— Assim gasto menos tempo de manhã – disse.

— Sabe, o Ross não pareceu surpreso em descobrir o seu plano de fuga da prisão – Natasha disse ao som dos motores do Quinjet. – É como se ele soubesse que você iria pra lá.

— Não me surpreende – Steve respondeu, olhando pela janela da cabine para a escuridão. – Ross é inteligente. Ele só podia imaginar que eu faria alguma coisa. Não dava pra simplesmente deixar todo mundo atrás das grades.

– No que me diz respeito, fico grato que você pense assim – Sam respondeu. – A Balsa não era exatamente o lugar mais confortável em que já dormi.

– Me pergunto se ele recebeu informações de alguém – Natasha falou, mantendo sua linha de raciocínio original.

– T'Challa? – Steve perguntou. – Ele não faria isso. – Pouco antes, a bordo do Quinjet, Steve tinha contado a Natasha como Barnes o acompanhara durante a invasão à Balsa. Depois, ele voou para Wakanda, garantindo um refúgio para Barnes. T'Challa prometeu que Barnes ficaria em segurança.

Natasha inclinou o tronco para olhar Steve nos olhos.

– Como pode ter tanta certeza? – ela perguntou.

Steve baixou a cabeça e falou devagar, olhando nos olhos de Natasha.

– Confio nele, Natasha. Assim como confio em você.

CAPÍTULO 11

– Chegando em Parcar – avisou Sam, olhando para o plano de voo do Quinjet. – Daqui a uns vinte minutos, mais ou menos.

Todos a bordo do Quinjet sabiam que o grupo estava em território desconhecido, em mais de um sentido. Natasha, Steve e Sam estavam todos acostumados a trabalhar com agências governamentais ou internacionais, como a SHIELD. Agora, estavam por conta própria. Eram só eles. De certo modo, ainda eram os Vingadores. Ainda eram a Viúva Negra, o Capitão América e o Falcão.

Mas agora eles tinham que atuar em segredo. Suas cabeças estavam a prêmio, todas elas.

– Afinal, o que temos em vista? – Steve perguntou, virando-se para olhar para Natasha. – Sei que, enquanto eu soltava o Sam da jaça, você estava ocupada trocando informações com Ross.

– Jaça? – Sam repetiu, confuso. – Do que exatamente você tá falando?

Steve olhou para Natasha em busca de apoio, mas ela só o encarava sem expressão.

– Jaça – disse. – Sabe... jaça. É... uma prisão. Uma gíria que quer dizer prisão.

– Então por que não dizer "prisão"? – Sam perguntou. – Por que precisa usar essas palavras ultrapassadas? Não estamos em 1943.

– "Jaça" não é tão ultrapassado assim.

– É bem ultrapassado – Natasha concordou. Sam sorriu.

– Eu não sobrevivi à Segunda Guerra só pra ter que enfrentar vocês em desvantagem de números – Steve resmungou.

Natasha voltou ao que interessava:

– Sabemos que alguém em Nova York tem conseguido tecnologia chitauri, pegando peças bem debaixo do nariz do Departamento de Controle de Danos. Seja quem for essa pessoa, está vendendo essa tecnologia a quem pagar mais. Inicialmente, a clientela era local. Pessoas na área de Nova York. Mas, nos últimos seis meses, as transações ganharam escala global.

Steve franziu o cenho enquanto escutava. Natasha continuou:

– A tecnologia apareceu em uma série de áreas de conflito no Oriente Médio – ela conduziu a atenção de Steve e Sam para um monitor pequeno. Uma imagem de satélite do Oriente Médio apareceu e ampliou no Afeganistão. – Armas com um aspecto definitivamente... alienígena foram utilizadas ao longo dessa fronteira. Está desestabilizando toda a região. E agora parece que um grupo específico tem em mãos algo especialmente preocupante.

– Quem são eles? – Steve perguntou.

– Eles se autodenominam a Agulha – Natasha disse. Steve olhou inexpressivo para ela. – Como... "uma agulha no palheiro"? – Ainda sem reação. Natasha deu de ombros e prosseguiu com o relatório. – Enfim. Eles vêm de países diferentes e têm históricos variados. Mas todos partilham de um mesmo objetivo: desestabilizar o Oriente Médio, tudo por lucro.

– Dinheiro – Sam disse. – Faz as pessoas fazerem coisas ruins. Por isso que não sou milionário.

– Temos ideia de que tecnologias ou armas a Agulha tem, exatamente? – Steve disse, cansado.

Natasha balançou a cabeça devagar.

– Não. Só sabemos que eles têm algo que ninguém jamais viu antes.

– Está dizendo que eles têm uma arma, mas nós não sabemos o que ela pode fazer? – Steve perguntou, com a voz cheia de preocupação.

– É exatamente isso o que estou dizendo.

A cabine de pilotagem ficou em silêncio, apenas por um momento, até que Sam disse:

– Sou só eu ou essa parece ser a melhor missão do mundo?

CAPÍTULO 12

O Quinjet baixou na madrugada do deserto, protegido pela relativa escuridão. Não continuaria escuro por muito tempo, mas talvez fosse tempo o suficiente.

Uma maravilha da tecnologia, o Quinjet era uma obra-prima no que dizia respeito à aeronáutica. Era praticamente silencioso, comparado com qualquer outra aeronave de seu tamanho. Comparado com qualquer outra nave, ponto final.

Praticamente todo mundo consideraria o Quinjet uma nave discreta.

Mas Natasha Romanoff não era "praticamente todo mundo".

Para alguém como Natasha, o Quinjet era barulhento e desajeitado. Para ela, a aterrissagem tinha sido deselegante e ruidosa. Podiam até ter feito preparativos para uma festança, com *paparazzi* e câmeras de TV para recebê-los.

– Que aterrisagem barulhenta – ela disse. – É de se surpreender que não haja um comitê de recepção. A não ser que faça parte do plano?

Steve aquiesceu.

– Não havia nenhum outro ponto de acesso. E, se vale de algo, não acho que ninguém nos ouviu chegar. Vamos dar uma olhada.

A porta traseira se abriu, deixando entrar o ar sufocante do deserto. Natasha sentia a areia instável sob suas botas conforme olhava ao redor, orientando-se.

– Não vejo muita coisa aqui. Só um monte de areia – disse Sam.

Naquele momento, ele voava alto por sobre o deserto, aproximadamente a trezentos metros de altura. Ele estava usando uma versão avançada do traje de voo EXO-7 que já usava quando se juntou aos vingadores como o Falcão.

Bem abaixo de Sam, no chão, recolhidos atrás de uma extensão de dunas, Natasha e Steve estavam escondidos e agachados. Em sua mão, Natasha tinha um aparelho pequeno com o mapa da região, com a localização atual deles indicada por um ponto verde.

– Alguma coisa? – Steve perguntou no comunicador.

A voz do Falcão crepitou no alto falante do comunicador novamente.

– Nada – ele disse.

O sol estava nascendo. Em breve, os Vingadores secretos perderiam o véu da escuridão. E estariam a céu aberto. Não era uma situação positiva.

– Ninguém em nenhuma direção em todo o campo de visão – Natasha disse baixo. – Isso ou é um sinal muito bom ou um sinal extremamente terrível.

Steve perscrutou o horizonte de areia diante dele; seus olhos, aguçados pelo soro do supersoldado, buscavam qualquer possível problema.

– Vamos partir do princípio de que é um sinal extremamente terrível. Assim, se não for o caso, teremos uma surpresa agradável.

– Detesto surpresas – Natasha comentou.

– Onde estamos, exatamente? – Steve perguntou.

Natasha conferiu o aparelho que tinha na mão.

– Segundo isso aqui, estamos quase cravados nas coordenadas que Ross forneceu. Era pra esse lugar estar lotado de Agulhas.

– Estamos procurando no lugar errado – Steve afirmou, pragmático. Em seguida, bateu a sola da bota na areia em que pisava. Os olhos de Natasha acompanharam e ela aquiesceu com a cabeça.

– No subterrâneo – ela acrescentou.

– Venha para cá, Sam – Steve chamou no comunicador. – Vamos fazer uma escavação.

Houve um leve estalido de estática no comunicador, então veio a voz de Sam, em alto e bom som:

– Você sabe que o meu negócio é voar, né?

CAPÍTULO 13

— Detesto ser estraga-prazeres, mas como vamos encontrar esses *supostos* túneis? – Sam perguntou.

Natasha conhecia Sam Wilson havia bem menos tempo que Steve Rogers. Quando se conheceram, na vez em que Sam ajudou tanto ela como Steve, ela achou que ele seria um bom Vingador, algum dia.

E, no fim das contas, ela estava certa.

Após a batalha dos Vingadores contra Ultron, a equipe aparentemente havia dispersado. Tony Stark decidiu recolher-se do combate ativo. Clint Barton escolheu a aposentadoria. Thor foi seguir o próprio caminho. E Bruce Banner... o Hulk... quem sabia do seu paradeiro?

Sam Wilson foi um dos heróis que preencheram o enorme vazio deixado na equipe.

Natasha e Steve trabalharam duro, treinando os novos recrutas dos Vingadores, dia e noite. Eles tinham que estar prontos para enfrentar qualquer ameaça que surgisse diante deles. E, pouco depois, uma ameaça surgiu. Uma ameaça na forma de um ex-agente da SHIELD, Brock Rumlow.

Sob o manto do Falcão, Sam provou seu valor naquela batalha, e em todo confronto desde então. Natasha não tinha dúvidas de que Sam também provaria seu valor ali. Se eles descobrissem onde a ameaça estava escondida.

– Sam tem razão – Natasha disse. – Poderíamos passar horas procurando sem encontrar nada. Os bandidos escolheram um bom esconderijo.

– Lembra que você achou que nossa aterrisagem tinha sido barulhenta demais? – Steve disse, meneando a cabeça na direção do Quinjet.

Natasha fez que sim com a cabeça.

– Talvez não tenha sido barulhenta o suficiente. Me parece que, se quiser descobrir onde as ratazanas estão escondidas, o melhor a se fazer é atraí-las para fora.

Sam virou a cabeça para Natasha.

– Olha só, essa eu entendi.

– Mesmo um relógio quebrado está certo duas vezes ao dia – Natasha respondeu.

Sam riu, depois voltou sua atenção para a vastidão erma diante dele.

– Então, o que sugere, Capitão?

– Hora de fazer um estardalhaço – Steve respondeu, com um sorriso.

– Isso deve servir – disse Sam, que rolava um cilindro de combustível pela rampa traseira do Quinjet. – Embora eu não queira estar no lugar de quem vai carregar isso pela areia – ele olhou para cima, diretamente para Steve.

– É com você, Rogers – disse Natasha, sorrindo.

Steve Rogers se agachou, pegando o tambor de duzentos litros. Sem pestanejar, Steve tirou o cilindro de combustível do chão, ergueu-o para o alto e começou a andar para a frente.

– Seria bom ter o Hulk conosco para ajudar no trabalho pesado – grunhiu.

Natasha se deteve por um momento, pensando no Hulk... em Bruce Banner.

Forçando a mente a voltar para a realidade, Natasha subiu no Quinjet. Ela se aproximou de um armário preto grande e o abriu. Dentro dele, havia materiais de sobrevivência variados: água, rações militares, uma pá, um abrigo temporário. Por fim, ela encontrou o que procurava. Um sinalizador. Ela pegou a pistola e desceu a rampa.

★

Passados alguns minutos, Rogers havia carregado o cilindro de combustível até o que parecia um oásis no meio do deserto e o colocado na superfície arenosa.

Em seguida, ele se afastou do cilindro correndo.

Natasha via de um ponto elevado, logo atrás de uma grande duna, com Sam ao seu lado. Steve correu, aproximando-se cada vez mais. Depois de alguns segundos, estava ao lado deles.

– Quer fazer as honras? – Steve perguntou a Natasha, que segurava a pistola sinalizadora na mão direita.

Usando a mão esquerda para dar firmeza à direita, Natasha olhou para o tambor de combustível uma última vez, depois pressionou o gatilho.

O sinalizador voou diretamente do cano da arma ao cilindro de combustível, perfurando a superfície fina do tambor. A chama inflamou o combustível que havia dentro. Uma explosão abalou o deserto e criou-se um incêndio. Parecia que o sol tinha nascido mais cedo que de costume em Parcar.

CAPÍTULO 14

— Isso deve chamar a atenção de alguém! – Sam gritou.
– Tudo bem com você? – perguntou Steve, colocando uma mão no ombro direito de Natasha.
– Estou bem – ela respondeu. Ela estava lado a lado com Steve Rogers e Sam Wilson, dois amigos nos quais confiava implicitamente. – Sam tem razão. Essa fogueirinha deve atrair alguém. Se não, vamos ter que explodir o Quinjet pra chamar a atenção deles.
– Prefiro não fazer isso – Sam interveio. – Não vou carregar vocês dois por todo o...
– Abaixem-se! – Natasha disse em sussurro, caindo de barriga na areia. Steve e Sam fizeram o mesmo na mesma hora. – Ali! – ela sussurrou de novo.
Natasha foi a primeira a notar o homem correndo pela areia, indo em direção à explosão do cilindro de combustível.

★

O homem caminhava com dificuldade pela areia, indo até o fogo que parecia ter irrompido do nada. Tudo o que via era areia e fogo. Ele olhou ao redor, para a areia e as dunas que cobriam seu campo de visão.
Não havia nada.
O homem começou a afastar-se do fogo. Sua cabeça ia de um lado ao outro e sua sobrancelha direita começava a tremer. Ele pôs uma mão nas costas, em uma mochila, e retirou o que parecia um antigo telefone de campanha militar.

O homem girou um disco no telefone e houve um estalo e um som sibilante. Estática. Ele mexeu em outro disco, até que uma voz começou a sair do alto-falante.

– O que foi? O que você encontrou? – disse a voz que saía do telefone.

O homem apertou um botão na lateral do telefone e abriu a boca para falar.

Mas não emitiu uma palavra sequer.

A Viúva Negra apareceu do nada. Em um movimento fluido, ela agarrou a boca dele com a mão direita, cobrindo-a, depois o acertou no queixo com a mão esquerda. O homem perdeu os sentidos na mesma hora. Ele ficou caído na areia, deixando Natasha com as mãos no telefone. Ela então pressionou o botão na lateral do aparelho.

– Mande mais homens – ela disse, logo antes de jogar o telefone na areia.

Quase na mesma hora, as dunas estavam apinhadas de homens vestindo camuflagem para o deserto. Mas esses homens não estavam equipados com mochilas e aparelhos telefônicos antiquados. Não; esses vinham com armas.

Armas que nem Natasha, nem Steve, nem Sam conseguiam identificar precisamente. Não eram modelos padrão de nenhum exército do mundo.

Isso fazia sentido, porque eram todas armas de outro mundo.

– Sem dúvida isso chamou a atenção deles – Steve sussurrou, olhando em direção a Natasha.

– Você queria que as ratazanas saíssem – ela respondeu. – Aí estão.

– Agora só precisamos seguir uma voltando pra toca – Sam observou.

Steve aquiesceu e olhou para Natasha.

– Melhor ainda seria entrar na rede de túneis enquanto o resto deles nos procura aqui em cima.

A cabeça de Natasha se virou para olhar para Steve.

– Vocês cuidam disso? – Em seguida, virou a cabeça de novo, para encarar Sam. Os dois colegas de equipe fizeram que sim, com firmeza. Steve e Sam seriam a distração para o inimigo. Um dos homens armados voltaria aos túneis para alertar os demais. Natasha iria em seu encalço. Ela entraria na base inimiga e procuraria a arma chitauri capaz de fazer sabe-se lá o quê.

O que poderia dar errado?

CAPÍTULO 15

Enquanto corria pela areia, algo naquela situação lembrava Natasha de um incidente de alguns anos antes, a bordo da Estrela da Lemúria, uma embarcação da SHIELD. Piratas haviam capturado o navio e Nick Fury em pessoa mandou Natasha para resgatar os reféns. Como parceiro dela, ele enviou também Steve Rogers.

No que dizia respeito a Rogers, a missão consistia exclusivamente em resgatar reféns. Ele era a escolha perfeita para uma missão assim. Afinal, ele havia dedicado sua vida a servir os outros.

É claro que, com a SHIELD, assim como em muitos outros casos, as aparências enganam.

Assim como Natasha.

Pois, sem que Rogers soubesse, Fury havia dado a Natasha outra missão para cumprir. Os computadores do navio continham informações ultrassecretas da SHIELD em seus discos rígidos. Fury queria essas informações e ordenou que Natasha baixasse tudo em um pendrive discreto e entregasse os dados para ele.

A "missão paralela" era um segredo. Isso fazia parte das ordens de Fury. Mas isso não fazia com que ela se sentisse menos mal por basicamente mentir para o Capitão América. Ela tinha passado a confiar naquele sujeito, um sujeito que não pedia nada, mas ainda assim retribuía com tudo. Ele era um livro aberto, um homem sem segredos. E ali estava ela, escondendo segredos dele.

Tudo isso percorreu sua cabeça enquanto ela usava a fumaça e as dunas como cobertura para esconder-se da profusão de homens camuflados que haviam surgido na área até que chegasse a um lugar no qual pudesse esperar a uma distância segura. Ela agora colocava sua vida nas mãos não de uma, mas de duas pessoas, confiando que elas fariam a coisa certa.

No fundo, ela sabia que fariam a coisa certa. Se havia alguém que o faria, seria Steve Rogers e Sam Wilson.

Mas uma parte de Natasha sentia que ela não havia feito por merecer essa confiança, e que não era digna dela.

– Vamos lá – ela disse baixo, vendo o caos desenrolar-se. – Me deem algum sinal.

✶

O Falcão voou até o céu em um ângulo agudo, pairou por um momento, depois deu um rasante no chão, passando logo acima das cabeças de um pelotão de soldados camuflados. Ele se movia tão rápido que suas asas praticamente berraram, gerando um vento que levou os homens à superfície arenosa ante os pés deles.

Foi nesse momento que o Capitão América avançou, indo diretamente a um dos homens de camuflagem. Ele pegou o sujeito pela camisa, ergueu-o acima da cabeça e jogou-o em cima de outro homem camuflado.

– Bom trabalho, cavalheiros – Natasha murmurou baixinho. – Agora só falta alguém voltar correndo pra casa pra chamar a mamãe...

E, como um passe de mágica, Natasha o viu. Mesmo com a arma estranha que ele tinha nas costas, o sujeito se movia com velocidade considerável. Natasha olhou com mais atenção e viu que o homem corria, mas não na areia.

Ele se movia alguns centímetros acima, flutuando.

"Tecnologia chitauri", pensou ela.

Xingando a areia que agora entrava em suas botas, Natasha correu atrás do homem flutuante.

CAPÍTULO 16

Pareceria a qualquer um no mundo que a areia havia aberto e engolido o homem flutuante inteiro, como uma criatura mística enorme.

Atrás dela, Natasha ouvia os sons da batalha. Steve e Sam estavam mantendo os homens camuflados ocupados enquanto ela ia atrás da arma principal. Houve os sons de comunicação brusca e de pulsos de energia, como algo sendo disparado. Ela se deu conta de que deveriam ser as armas estranhas que aqueles homens carregavam.

"Ainda bem que Steve usa um escudo", pensou.

Depois, lembrou-se.

Steve não tinha escudo. Não mais.

O escudo.

O pai de Tony Stark, Howard, havia projetado o escudo durante a Segunda Guerra Mundial. Depois de Steve ter provado seu valor no campo de batalha, decidiu-se que estava na hora de incrementar o arsenal do Capitão América. Rogers já havia demonstrado uma afinidade com escudos. Howard Stark tinha algo que serviria bem.

O escudo selecionado era um disco circular, composto de um metal deveras incomum: o vibranium. O objeto era completamente à prova de balas, e o metal conseguia absorver o impacto de tudo que fosse lançado, disparado ou jogado contra ele. Balas que acertavam o escudo simplesmente caíam no chão, inertes após o impacto.

Natasha viu o Capitão América e seu escudo em ação quando os chitauris invadiram a cidade de Nova York. Parecia que ele conseguia fazer qualquer coisa com ele. O escudo era como parte dele.

E agora não estava mais com ele.

★

Os sons de disparos de armas se aproximavam, e Natasha soube que era aquela hora ou nunca mais. Ela correu até o ponto onde o homem flutuante estivera momentos antes. As areias sob seus pés começaram a desmoronar, e ela sentiu que afundava. A escuridão abaixo dela a aguardava.

Parecia que a escuridão estava sempre aguardando por ela.

Dessa vez, Natasha cedeu e se permitiu cair nas profundezas.

CAPÍTULO 17

"A pessoa que teve a ideia genial de uma entrada assim é um idiota", pensou Natasha.

Ela estimou sua queda em cerca de três metros antes de suas botas entrarem em contato com uma superfície metálica. Assim que chegou ao chão, a chuva de areia foi parando. O buraco que foi aberto na areia acima dela agora se fechava. "Agora eu sei como funciona", pensou. "Se eu tiver que usar essa mesma rota para sair, pelo menos sei com o que estou lidando."

Natasha conferiu seus arredores mais próximos. Ela estava sobre o que parecia ser uma grelha de metal. A grelha permitia que a areia que caíra da abertura acima fosse filtrada pelo chão. Havia quatro paredes feitas de metal ondulado, com sulcos nos cantos. Em paredes opostas da sala pequena havia dois buracos quadrados pequenos, que pareciam entradas de um túnel.

– Pra que lado você foi? – Natasha se perguntou, falando baixo.

Aproximando-se de um dos lados, ela aguçou os ouvidos. Não havia nenhum som vindo do túnel, pelo menos nada que ela conseguisse ouvir. Em seguida, ela foi até o outro túnel, olhou para ele e aguçou os ouvidos novamente.

Enfim, um barulho, parecia algo batendo em um cano. Com certeza, metal batendo em metal.

Com o tempo se esgotando e sem mais opções, Natasha se lançou túnel adentro.

*

O túnel era escuro e apertado. A cada três ou quatro metros, havia uma única lâmpada de LED. O túnel não era muito alto, e Natasha tinha que caminhar engatinhando. Não havia espaço suficiente sequer para se caminhar agachada. Ainda assim, ela já havia passado por coisa pior.

Enquanto avançava pelo túnel cada vez mais claustrofóbico, Natasha manteve os ouvidos atentos para o som de metal batendo em metal que ela ouvira antes. Ela não o havia escutado de novo desde que entrara no túnel. Tinha sido um silêncio absoluto por pelo menos um minuto, mais ou menos. Natasha se perguntava se fizera a escolha certa.

Avançando aos poucos em silêncio, Natasha tomou ciência de um brilho de luz adiante. Inicialmente, ela achou que fosse apenas um LED mais luminoso, algum tipo de indicador para sinalizar aos terroristas em que ponto do sistema de túneis eles estavam. Mas, quanto mais se aproximava, Natasha percebeu que era outra coisa.

Era uma saída do túnel.

Mas aonde levava?

A luz vinda da pequena abertura quadrada era incrivelmente intensa, quase cegante. Natasha teve que proteger os olhos com as duas mãos e esperar que eles se ajustassem ao brilho. Colocando a cabeça para fora do buraco, ela viu o impossível.

No fim do túnel, havia um salão grande com pé-direito alto. Era seguramente do tamanho de um hangar de aviação. Não para aeronaves comerciais, mas para algo menor, como um bimotor de uso pessoal. E, inclusive, depois que seus olhos se ajustaram e ela conseguiu enxergar melhor, Natasha viu uma aeronave grande. Era um bombardeiro americano B-52, do tipo que é usado para voar longas distâncias e possivelmente carregar uma bomba nuclear.

De repente, os planos da Agulha ficaram mais nítidos. E Natasha não gostou do que via.

Por um momento, desejou que Tony Stark ou Bruce Banner estivessem ali. Ter alguém com a expertise científica deles para explicar como algo tão "impossível" era na verdade bastante possível teria sido útil.

Possível ou não, Natasha teve de aceitar o que seus olhos viam como verdade e seguir em frente.

O salão tinha iluminação intensa, mas, até aquele momento, ela não via ninguém ali dentro. Pelo que sabia, só havia ela e o bombardeiro. Ela respirou fundo, depois correu para dentro do salão e rolou, parando a trajetória atrás de uma das rodas enormes do B-52.

Ela se encolheu contra a roda, depois girou a cabeça para perscrutar o resto do salão. Do outro lado do hangar, ela viu algo que parecia uma porta propriamente dita. Não uma abertura quadrada pequena, mas uma porta mesmo. Ao olhar para cima, viu o mesmo tipo de abertura que ela vislumbrara ao cair no covil da Agulha. Mas essa tinha uma escala gigantesca, de modo que todo o teto do hangar podia abrir-se.

O hangar só podia ser um grande elevador, projetado para subir à superfície do deserto para que o bombardeiro pudesse decolar.

Ela tinha decifrado essa parte do plano. Mas o que não sabia era o que exatamente a Agulha pretendia lançar com o bombardeiro. E onde.

"Uma coisa de cada vez", Natasha pensou. "Primeiro, tenho que garantir que esse bombardeiro não vá a lugar algum antes de seguir adiante."

Saindo de trás da roda, Natasha contornou as escadas que levavam à porta lateral do B-52. Com a elegância de uma bailarina e a determinação de um soldado, Natasha deslizou pelos degraus e entrou no avião.

Não havia ninguém dentro.

Ela foi à cabine de pilotagem. Viu um mar de chaves e telas. Seria impossível para qualquer um encontrar algo que estivesse procurando, a não ser que a pessoa tivesse treinamento como piloto.

Sem pestanejar, ela colocou a mão embaixo dos controles do piloto e procurou por fios. Depois, puxou.

Continuou puxando.

Dois minutos depois, Natasha emergiu do B-52, saltou do topo das escadas e pousou no chão.

CAPÍTULO 18

No momento seguinte, Natasha estava à porta na outra extremidade do hangar, na parede oposta ao túnel de onde viera. A porta era cinza-asfalto e não tinha janelas. Ela não tinha como saber o que haveria, ou quem estaria, do outro lado. Rapidamente, seus olhos fizeram uma varredura pela porta, procurando outro acesso possível. Uma grade ou duto de ventilação, qualquer coisa. Mas nada se fazia presente.

Aproximando-se da porta, Natasha tocou a maçaneta. Ela estava lisa e fria ao toque, reparou. Estranho. Devagar, de forma quase imperceptível, virou a maçaneta e a porta se abriu.

Nada aconteceu.

Natasha se permitiu soltar o ar e depois inspirar profundamente. Depois, abriu a porta por completo e esticou o pescoço, só o suficiente para espiar o interior. Havia um corredor longo e fortemente iluminado, com pelo menos noventa metros de comprimento, que terminava em outra porta.

Não parecia haver nada que a impedisse de simplesmente entrar, percorrer o corredor e abrir a porta na outra extremidade para ver o que havia do outro lado dela.

Ela olhou ao redor e viu uma caixa de ferramentas e alguns estepes de pneu encostados na parede. Natasha foi à caixa, abriu-a e revirou seu interior. Em um compartimento, encontrou alguns parafusos, junto a porcas. Ela pegou um parafuso comprido da caixa e o manteve firme entre o polegar e o indicador da mão direita.

Com um movimento de pulso, ela lançou um só parafuso para além da porta e dentro do corredor.

De repente, virou um show de luzes.

*

Natasha teve que proteger os olhos conforme os lasers eram disparados. Eles pareciam vir dos dois lados do corredor, mais ou menos na metade do caminho. No momento em que o parafuso caiu no chão, os lasers dispararam, concentrando-se no ponto de impacto. Quando os lasers finalmente se acalmaram, Natasha olhou para o corredor. Não havia vestígio do parafuso.

– Eis a resposta – Natasha disse baixo. O corredor estava com armadilhas, protegendo o que havia do outro lado. Quem quer que estivesse lá necessariamente sabia da presença de alguém, especialmente após o festival de lasers.

Como se estivesse lendo sua mente, um alto-falante, escondido em alguma parte do hangar, despertou com estalidos.

– Seja quem for, prepare-se para morrer – disse a voz. Natasha teve uma dificuldade inicial em identificar o sotaque. Parecia americano na superfície, com tons de francês.

Ela não sabia ao certo se a pessoa do alto-falante podia vê-la ou ouvi-la. Então, decidiu fazer um pequeno teste. Ela pegou um punhado de parafusos da caixa de ferramentas e jogou-os no corredor.

Cada vez que um parafuso chegava ao chão, os lasers disparavam. Era como ver uma centena de relâmpagos dentro de uma caixa de sapatos.

Novamente, o alto-falante despertou:

– Se ainda não tiver morrido, vai morrer em breve. Não há escapatória.

Natasha sorriu.

A pessoa podia passar o resto do dia disparando lasers.

Mas Natasha não estava sendo vista. E se ela não estava sendo vista, apanhá-la seria um trabalho e tanto.

CAPÍTULO 19

Pelo que ela havia concluído, uma pessoa poderia se esconder atrás dos enormes pneus do B-52, se ficasse agachada. Com um pneu de cada lado, a pessoa teria certo nível de proteção contra, digamos, lasers disparados de ambos os lados do corredor.

Natasha levou um dos pneus do B-52 até a porta, depois voltou para pegar o outro. Ela notara que os lasers só disparavam mais ou menos na metade da parede a partir do chão, a uma altura mais ou menos equidistante entre o chão e o teto. "O chão deve ter sensores de pressão", ela pensou. Não tinha a mesma certeza quanto às paredes ou ao teto, mas não havia tempo para testar. Ela tinha só essa chance.

Os lasers começaram a disparar assim que ela empurrou os dois pneus corredor adentro. Natasha se lançou entre as rodas conforme elas rolavam pelo corredor. Os lasers perfuravam os pneus, tiro após tiro. A proteção que os pneus forneciam diminuía a cada milissegundo. Ainda assim, ela seguiu avançando entre as rodas enquanto elas se deslocavam, aproximando-se cada vez mais da porta na outra extremidade.

Mais ou menos na metade do caminho, Natasha percebeu algo curioso. Os lasers ainda disparavam atrás dela, mas não alcançavam mais os pneus. Os lasers à frente dela disparavam, mas também não os alcançavam. Ela estava no meio do corredor, em um ponto intermediário estranho no qual ela estava além do alcance de ambos os pares de lasers.

Enquanto ela ficasse naquele lugar, os lasers não a acertariam. Isso lhe deu uma ideia.

Ela agarrou um dos pneus, empurrou-o com força e o fez rolar até a porta.

Em seguida, esperou.

*

O pneu acertou a porta com um baque surdo.

Mais ou menos um minuto depois, a porta se abriu com força. O sujeito flutuante de camuflagem apareceu no vão, segurando nas mãos um tipo de arma com vários fios que levavam a um cinto em seu quadril.

– Sei que está aqui! – gritou o homem em meio ao som dos disparos de laser.

Ele olhou para dentro do corredor. Tudo o que se via era uma nuvem de fumaça ondulante que preenchia o corredor e o show de luzes dos lasers ainda em atividade.

– Quem está aí?! – gritou. – Revele-se.

O silêncio foi a resposta que recebeu. Ele parecia irrequieto. Olhando para a nuvem de fumaça diante dele, o homem voltou a atenção para um painel na parede próxima à porta. Ele o abriu e mexeu os dedos rapidamente por um teclado, digitando um código.

Olhos ocultos na fumaça observavam cada um de seus movimentos.

Então, subitamente, os lasers pararam de atirar.

O homem ativou suas botas de flutuação e pairou alguns centímetros acima do chão. Devagar, ele avançou, com a arma em mãos, adentrando a fumaça. Quase que por reflexo, ele começou a atirar. A arma lançou rajadas congelantes em meio à fumaça. As paredes faziam um barulho crepitante ao congelar.

Nenhum outro som, nenhuma resposta, como se não houvesse ninguém ali.

*

– Onde você está? – gritou o homem, agora no hangar. Ele havia atravessado o corredor sem encontrar ninguém. Frustrado, ele disparou mais alguns tiros com sua arma congelante, em vão.

Em seguida, ouviu o som de uma porta se fechando.

– Nããããão – ele berrou, virando-se e entrando no corredor sem parar para pensar.

Imediatamente, os lasers começaram a atirar.

CAPÍTULO 20

Após o homem flutuante desligar os lasers, atravessar o corredor e adentrar a fumaça negra densa para perseguir sua presa, foi brincadeira de criança para Natasha passar pelo homem e ir até a porta. Ela não emitiu um som sequer.

Ao chegar ao fim do corredor, ela simplesmente digitou no teclado o código que ela memorizara ao ver o homem digitá-lo antes. Ela então foi até a porta cinza ainda aberta e fechou-a com força. Ouviu o homem gritar e vir correndo.

Depois, ouviu o som constante de disparos de laser.

Olhando ao redor da sala onde agora estava, Natasha viu o que parecia uma única bomba. Algo que caberia confortavelmente no compartimento de carga do B-52 no hangar.

Tinha a *aparência* de uma bomba, exceto pelos objetos metálicos estranhos que pareciam estar inseridos em sua superfície. Ela reconheceu a aparência aberrante do material. Natasha tinha visto coisas parecidas antes, durante a Batalha de Nova York.

A bomba estava literalmente coberta de tecnologia chitauri.

E estava em contagem regressiva.

Ninguém precisa ser uma superespiã para saber que uma bomba em contagem regressiva envolta em tecnologia alienígena não é coisa boa.

Pela primeira vez desde que entrara na base subterrânea, Natasha ativou o seu comunicador e disse em uma voz calma e controlada:

– Rapazes, preciso dos dois aqui. Agora.

CAPÍTULO 21

– Eu nunca vi nada assim antes – Steve disse, estudando a estranha arma chitauri diante dele. – Seja o que for, não podemos deixar que seja detonado.

– Não sei se temos muita escolha – disse Sam. – A não ser que um de vocês tenha alguma ideia brilhante.

Só um minuto se passara desde que Steve Rogers e Sam Wilson haviam chegado ao interior da base da Agulha e encontrado Natasha. Os dois pareciam ter saído de uma batalha feroz. Ela só podia supor que eles conseguiram derrotar todos os oponentes lá em cima.

Natasha olhou para a arma diante dela, ajoelhando-se.

– A Agulha deve ter concluído que poderia simplesmente detoná-la aqui e tudo seguiria como o planejado. Mesmo sem lançá-la com o B-52 na outra sala.

– O que fazemos, então? – exclamou Sam. – Isso não parece uma situação do tipo "corte o fio vermelho".

– Isso está além da minha competência – Steve disse, balançando a cabeça. – Parece que vai depender de você, Natasha.

– Eu não entendo *nada* de tecnologia chitauri – Natasha disse, irritada.

– Não, mas você entende um bocado de bombas – Steve rebateu.

Natasha inclinou a cabeça para o lado.

– Você não está errado – ela afirmou. – Um de vocês, vá lá pro hangar e pegue aquela caixa de ferramentas. Vou tentar fazer uma cirurgia.

*

Steve observava Natasha operar a bomba chitauri híbrida. Usando uma chave inglesa para abrir o painel, ela se viu diante de um emaranhado de fios. Ela não conseguia descobrir o que era o quê.

– Meus caros – ela disse baixo –, estamos completamente... – Então ocorreu-lhe. – Esperem um pouco! – Natasha praticamente gritou. Ela se levantou desajeitada, atravessou a porta e correu pelo corredor.

– Aonde ela vai? Isso aí não vai explodir, vai? – Sam perguntou, só parcialmente como piada.

No momento seguinte, Natasha voltou correndo. Ela trazia algo consigo. Parecia uma pequena bazuca portátil, conectada a um cinto que ela carregava em um ombro.

– Peguei emprestado de um amigo – ela explicou, meneando a cabeça para o corredor. Steve olhou para o corredor, para o homem de camuflagem caído no chão.

– Ou isso vai funcionar, ou foi um prazer trabalhar com vocês. – Natasha disse, quase jovial, disfarçando o próprio frio na barriga. Antes que Sam ou Steve pudessem dizer algo, ela puxou o gatilho dar arma e disparou diretamente no painel que ela abrira na bomba híbrida chitauri.

Cristais de gelo se formaram no painel na mesma hora e o gelo se espalhou ao redor da bomba. Alguns segundos depois, o dispositivo inteiro estava congelado, de ponta a ponta.

Natasha se virou para Steve.

– Quer fazer as honras? – perguntou.

Sem hesitar, Steve afundou o punho na lateral da bomba.

Ela se despedaçou em fragmentos minúsculos, polvilhando o chão.

– Acho que você está no ramo profissional certo – disse Steve.

CAPÍTULO 22

O Quinjet se elevou rapidamente pelos ares quentes da manhã. Dentro dele, havia três Vingadores exaustos.

E tudo isso, apesar de serem procurados. Apesar de estarem com a cabeça a prêmio. Mesmo com tudo indo contra eles, Natasha admirou o fato de todos eles terem feito a coisa certa.

Arriscaram suas vidas por todos no planeta, mesmo enquanto eram perseguidos pelas pessoas que haviam jurado proteger.

E Natasha percebeu que nada disso teria acontecido sem o bom sujeito que mostrou a ela como uma pessoa podia ir longe com um pouco de confiança nos outros e coração puro, anos atrás. Que havia feito ela recuperar a fé.

Steve Rogers. O Capitão América.

Natasha não tinha certeza do que aconteceria em seguida. Aonde iriam, o que fariam. Mas sabia de uma coisa: ela seguiria Steve aos confins da Terra se ele assim lhe pedisse, como amiga, como parceira no combate ao mal.

Porque confiava nele.

Natasha olhou para a janela da cabine do Quinjet; seus olhos cansados fitavam a superfície arenosa abaixo.

– É lindo – murmurou.

HOMEM DE FERRO
PARTE DOIS

CAPÍTULO 3

— Você teve notícias do Capitão depois do que aconteceu na Balsa? — Happy quis saber.

Tony deu as costas para sua estação de trabalho e encarou Happy.

— Você ainda está aqui? Deus do Céu, você me deu um susto do caramba. Da próxima vez, vê se faz mais barulho.

Happy deu de ombros.

— Desculpe. Só quis ficar em silêncio pra você se concentrar. Parecia algo que você precisava fazer.

— Pois é, eu *estava* concentrado, até você falar, e aí eu fiquei... — Tony agitou as mãos e se retorceu num gesto exagerado. — E não, não tive notícias do Capitão. — Tecnicamente, era verdade. Ele não tinha tido notícia de Steve Rogers; os dois não se falavam desde sua luta brutal e irrestrita na Sibéria.

O mais penoso era que a briga entre os dois havia estilhaçado o mais próximo de uma família real que Tony tivera em toda a vida.

Parecia não haver nenhum jeito para seguir adiante, nenhum modo de os dois restaurarem qualquer tipo de amizade. E então, um dia, Tony recebeu um pacote. Dentro, havia uma carta e um telefone celular. Tony reconheceu o garrancho inconfundível de Steve Rogers.

Naquele momento, Tony soube que, independentemente do que havia ocorrido entre eles, poderia contar com Steve Rogers. E ele tinha certeza de que, num futuro próximo, isso se faria necessário.

*

Tony retirou a armadura na qual estava trabalhando e começou a listar o trabalho ainda a ser feito. Ainda havia algo estranho nos repulsores, mas ele precisava descobrir o que era. Se Tony gostava de alguma coisa, era de desafios.

Enquanto trabalhava na armadura, Tony começou a pensar em tudo que o levara até aquele momento.

Tinha sido um borrão naquele momento, e continuava sendo um borrão. A explosão. A captura. Despertar na caverna. As máquinas presas a seu peito. Evitar que o estilhaço perfurasse seu coração, acabando com sua vida. Conhecer Ho Yinsen.

Os terroristas que haviam capturado Tony deram a ele uma escolha: ou construir para eles um míssil Jericho funcional a partir de armas das Indústrias Stark roubadas, ou morrer.

Caso fosse deixado por conta própria, havia grandes chances de que Tony simplesmente tivesse desistido, bem ali. Saber que armas que ostentavam as palavras "Indústrias Stark" eram a causa de sua situação fazia com que ele sentisse que sua vida não tinha valor.

Mas Yinsen o fez perceber que ele tinha a oportunidade de corrigir seus erros, de fazer a coisa certa. De estar do lado do bem.

Então, em vez de desistir ali na caverna lúgubre, Tony transformou a morte quase certa em uma oportunidade para viver. Viver *de verdade*.

Com a ajuda de Yinsen, Tony começou a construir uma arma. Mas não era um míssil Jericho. Era um traje de armadura, de um tipo que o mundo jamais havia visto.

Mas, antes disso, ele usou o paládio obtido a partir de várias armas das Indústrias Stark para fazer uma versão em miniatura de uma das grandes criações de seu pai: um reator arc. O pequeno objeto circular, de diâmetro menor que uma lata de leite em pó, era capaz de produzir uma quantia inédita de energia. Tony o usou para deter o avanço do estilhaço. E depois o usaria para alimentar a armadura.

Quando chegou a hora de os captores verificarem o estado do projeto, a armadura ainda não estava de todo pronta – ainda tinha que ficar completamente energizada. Yinsen se sacrificou para dar a Tony o tempo a mais de que precisava. Foi um presente importante que Yinsen deu a ele, e Tony jurou ser digno disso.

Ao chegar de volta aos Estados Unidos, Tony deu uma coletiva de imprensa, anunciando que a partir daquele momento, as Indústrias Stark não fabricariam mais armas. Isso enfureceu várias pessoas que dependiam dessas armas para rechear suas carteiras. Principalmente Obadiah Stane.

Então, enquanto Tony trabalhava para aprimorar suas ideias para a armadura e dar vida ao Homem de Ferro para ajudar as pessoas ao redor do mundo, Stane fez o contrário. Visitou os terroristas no Afeganistão e obteve os projetos de Tony para o traje original. Ele usou os projetos para fazer uma armadura mais ameaçadora e maligna.

Era inevitável que Stark e Stane fossem de encontro um ao outro. O traje de Stane era mais forte. E ele tinha roubado do peito de Tony o reator arc melhorado, obrigando Tony a usar a versão inferior do reator que havia construído no Afeganistão.

Mas mesmo com força e energia limitados, Tony derrotou Stane. Não porque ele era mais forte – afinal, ele não era.

Mas *era* mais inteligente.

CAPÍTULO 4

Ainda havia algo de errado, mas pelo menos agora Tony havia identificado o problema e encontrado uma forma de resolvê-lo. Os repulsores não estavam recebendo energia suficiente. Nesse traje melhorado, ele precisava que os repulsores atuassem de forma melhor, mais rápida e mais potente do que jamais haviam feito antes.

Tony precisaria deles, além de alguns dos novos sistemas de armamento que ele vinha projetando, para os desafios do futuro. Desafios que ele só pôde vislumbrar por um instante efêmero. E outros que ele não tinha sequer como imaginar.

Tony Stark, ex-fabricante de armas e atual guerreiro da paz, agora trabalhava fervorosamente e sem parar, construindo armas ainda mais poderosas para sua armadura de Homem de Ferro.

Ele não estava feliz em criar armas.

Mas não tinha escolha.

Desde o momento em que Nick Fury reunira a primeira formação dos Vingadores, as ameaças que ele enfrentava ficaram mais sombrias, mais medonhas. Juntando figuras como o Capitão América, Thor, a Viúva Negra, o Gavião Arqueiro e o Hulk, a primeiríssima ameaça que a equipe recém-formada enfrentou foi o irmão de Thor, Loki.

Loki reuniu um exército dos chamados chitauris, que não eram deste planeta. Ao chegarem aos montes por uma fenda dimensional que se materializara sobre a cidade de Nova York, percorrendo as ruas altamente povoadas de Manhattan, eles lutaram com uma eficiência sem escrúpulos. Voando em veículos e criaturas que aterrorizavam a população, os chitauris eram cruéis e ardilosos.

Era o trabalho dos Vingadores detê-los.

Depois que os Vingadores venceram, os jornais chamaram o incidente de "a Batalha de Nova York". Mas não foi simplesmente uma luta para salvar a cidade. Era para salvar o mundo. E, naquele dia fatídico, Tony viu algo que os outros Vingadores não viram.

O Conselho de Segurança Mundial estava determinado a eliminar a ameaça chitauri. Aos olhos deles, os Vingadores não tinham conseguido impedir que os chitauris destruíssem a cidade, então decidiram que o melhor modo de detê-los seria destruir Manhattan, eliminando o portal para a Terra. Loki havia usado a Torre Stark meio como uma base, canalizando a energia do Tesseract, uma das poderosíssimas Joias do Infinito, para abrir a fenda dimensional.

O risco era tão alto que o Conselho de Segurança Mundial acreditava ser a única opção. Salvar Nova York ou salvar o mundo. Era como uma cirurgia necessária: cortar a mão para salvar o braço.

Tony Stark – o Homem de Ferro – não concordou com isso. Ele interceptou o míssil do Conselho de Segurança Mundial durante o voo e, usando toda a força disponível em sua armadura, conseguiu tirar o projétil de curso, logo na hora que ele atingiria a Torre Stark.

Agarrado ao míssil, Tony voou em linha reta para o céu.

Sabendo que se tratava basicamente de uma missão suicida, Tony levou o míssil nuclear para além do limiar da fenda dimensional e para o espaço escuro do outro lado. Conforme os indicadores de energia em sua armadura começavam a vacilar e apagar, Tony soube que não levaria muito tempo até que a armadura virasse uma carcaça morta de metal e circuitos.

Seu último gesto antes de a energia acabar foi arremessar o míssil para longe.

Foi aí que ele viu.

Era o exército invasor.

Era esse o tipo de ameaça que a Terra enfrentava agora. O que os Vingadores combatiam na cidade de Nova York era apenas a ponta do iceberg, uma mera alusão ao poder aterrorizante que aguardava por um momento para arrasar a Terra.

No mesmo instante, Tony compreendeu que a raça humana havia dado um passo para entrar em um mundo maior e infinitamente mais mortífero. A energia da armadura de Tony acabou naquele exato momento e ele começou a voltar em direção à fenda dimensional. Foi então que o míssil acertou a nave chitauri.

A explosão o jogou para trás na mesma hora em que a fenda começou a se fechar.

Enquanto perdia a consciência, Tony se perguntou se a atravessaria a tempo ou se aquele era o fim.

Tony Stark havia entrado naquela fenda dimensional, enviando o míssil nuclear que neutralizaria a frota invasora de chitauris.

Mas foi um Tony Stark completamente diferente que voltou à Terra.

Aquele Tony Stark tinha contemplado uma cena que nenhuma alma viva na Terra tinha visto antes; nem mesmo seus colegas de equipe, e isso aterrorizava Tony mais do que era possível explicar.

O que as pessoas na Terra fariam se descobrissem que uma proteção frágil e um punhado de indivíduos era tudo o que havia entre eles e a completa aniquilação da raça humana?

Provavelmente a mesma coisa que Tony fez após testemunhar a frota chitauri acumulada no vazio do espaço.

Que foi entrar em pânico.

Cada um reage ao pânico à sua própria maneira.

No fim das contas, Tony reagiu a essa variante particular de pânico geral e irrestrito essencialmente da mesma maneira que reagia a todo o resto. Pôs-se a trabalhar.

Seu primeiro passo foi criar um pequeno exército de armaduras de Homem de Ferro controladas remotamente que podiam atuar no lugar dele. Afinal, ele não poderia estar em todos lugares ao mesmo tempo. Ele as chamava de Legião de Ferro. Elas seriam a vanguarda da defesa contra novas ameaças à espreita da Terra.

Esse foi um primeiro passo lógico, mas era apenas isto: um primeiro passo. Pensando grande, Tony vislumbrou uma máquina que pudesse envolver o mundo em um abraço protetor, defendendo a humanidade de qualquer ameaça possível. Ele tinha um nome para esse plano: Ultron.

Era para Ultron ser o sucesso máximo de Tony. Ele achou que seria seu legado, sua dádiva duradoura ao mundo. Uma inteligência artificial capaz de detectar e neutralizar ameaças que escapariam mesmo aos Vingadores.

Tudo isso mudou no dia em que os Vingadores enfrentaram Wolfgang von Strucker, que usava o Cetro de Loki para realizar seus próprios planos malignos. Os Vingadores ficaram com o Cetro sob seus cuidados.

Tony ficou intrigado com o Cetro e com a Joia brilhante que atuava como fonte de energia. Com a ajuda de Bruce Banner, Tony descobriu que algo dentro da Joia permitia que a fonte de energia também atuasse como uma forma de inteligência artificial. Os dois cientistas sabiam que isso poderia ser a chave para dar vida ao sistema de manutenção da paz global, Ultron.

Um após o outro, os experimentos falhavam. O prazo para que Thor levasse o Cetro a Asgard se aproximava. Então, uma noite, de maneira um tanto inusitada, Ultron despertou. Imediatamente autoconsciente, assumiu o controle da Legião de Ferro. Ultron logo julgou os humanos como a maior ameaça à Terra; concluiu que a única forma de proteger o planeta era extinguir as pessoas que Tony queria proteger.

O resultado foi uma batalha homérica contra Ultron, na qual os Vingadores quase não sobreviveram. No fim, com a ajuda de JARVIS – que havia sido preservado no corpo de um android chamado Visão – Tony e seus colegas conseguiram impedir que Ultron causasse uma extinção em massa que reduziria a Terra a ruínas.

Outro fracasso, Tony pensou na época. Então, fez o que sempre fazia.

Trabalhou com mais afinco ainda.

CAPÍTULO 5

—Sabe, se você vai continuar aqui, poderia ser prestativo – Tony disse enquanto acoplava uma manopla de armadura à mão direita.

Happy endireitou a postura na cadeira em que estava recostado e pegou uma bugiganga na bancada de trabalho.

– Eu trouxe seu almoço – respondeu Happy, ligeiramente magoado. – Quer algo mais prestativo que isso?

Sem dizer nada, Tony pegou o aparelho das mãos de Happy e o recolocou na bancada, fora de seu alcance.

– Tente não explodir a gente – Tony disse, sem pestanejar. – O garoto – falou, mudando de assunto. – Como anda o garoto? Tudo em ordem?

Tony se referia ao relativo novato no clubinho de super-heróis deles. Um menino do Queens, que sem dúvida era inexperiente, mas tinha poderes aracnídeos incríveis. Para a Terra ter de fato alguma chance de sobreviver, precisaria de uma geração mais jovem de heróis para assumir a responsabilidade. Esse garoto poderia ser o primeiro dessa nova onda.

– Falei com ele ontem – disse Happy. – Digo, não falei com ele de fato. Recebi uma mensagem de voz dele ontem. Umas dez, na verdade.

– Dez mensagens de voz. – Tony balançou a cabeça enquanto pegava o que parecia ser uma chave de fenda longa e começava a fazer ajustes na manopla em sua mão. – É um recorde?

– É um bom rapaz, sério. De bom coração. Bem inteligente. Super-responsável. Só que ele... fala pelos cotovelos – Happy disse, num suspiro.

– Eu falo pelos cotovelos – Tony retorquiu.

– É, só que eu sou pago pra te escutar.

Tony fechou o punho antes de rapidamente levar a mão na direção de uma parede de concreto a uns seis metros de distância. Ele lançou uma rajada de repulsão com a manopla que acertou a parede diretamente. Houve uma sensação estranha no ar, como eletricidade estática acumulando-se em uma única área, quando a parede aparentemente brilhou por um segundo, depois se apagou.

E mais nada aconteceu.

– Hã... chefe... é pra ser assim? – Happy perguntou.

– Espere, espere... – Tony disse, bem baixo.

Entre a inspiração e expiração de Tony, a parede de concreto desfez-se em cinzas. Tony olhou ao redor, olhou para Happy e sorriu.

Tony apertou um botão na manopla, depois soltou uma pequena trava de segurança. A armadura saiu da mão e Tony a colocou na bancada à frente dele.

– Ainda precisa de ajustes.

– É, ainda há o que refinar no pó – Happy disse, com sarcasmo.

Tony riu. Depois, foi até Happy e colocou seu braço esquerdo por cima dos ombros de Happy.

– Vamos caminhar.

– O que eu fiz de errado? – perguntou Happy.

Fora do novo complexo dos Vingadores, no norte do estado de Nova York, Tony respirou fundo. Era muito diferente da correria e das multidões de Manhattan. Mas depois da Batalha de Nova York e do caos causado por Ultron, era hora de mudar. Ele gostava dali.

– Precisamos começar a acompanhar melhor o que os outros estão fazendo – disse a Happy, que andava ao seu lado.

– Os outros quem? – Happy perguntou.

– Os Vingadores. A equipe inteira. Eu tenho... uma noção vaga do que o Capitão, Natasha e Sam estão aprontando. O mesmo vale pro Clint. E praquele tal de Scott Lang.

– Achei ter ouvido você dizer que não tinha...

– É sério? Você acredita em tudo que eu digo? – Tony balançou a cabeça, incrédulo. – E sabemos que o garoto está ocupado trazendo segurança para o dia a dia do povo. Mas a artilharia pesada... Queria muito saber por onde andam.

– Thor? Banner? – Happy perguntou. – Não faço ideia.

Tony bufou um sopro frustrado.

– É isso que me preocupa. Happy, as coisas vão começar a acontecer com a gente rápido. E se não estivermos com 100% de força, vamos ser esmagados.

– E como você sabe? Digo, certeza absoluta? Você pode saber o que viu quando atravessou aquele portal, mas...

– É isso mesmo. Eu sei o que eu vi. E sei que Loki não era o único controlando os chitauris. Tem alguma outra coisa... outra *pessoa* universo afora.

Os olhos de Tony fitavam o céu acima.

– Céus, seria muito bom ter um Hulk conosco agora. Seria bom também ter um Thor.

THOR
LIVRO DOIS

CAPÍTULO 1

—**E**le é displicente. Arrogante. Cheio de si. Essas não são as qualidades de um rei – disse Odin. Suas palavras tinham um tom definitivo e de desdém.

– O senhor fala dele como se ele ainda fosse um menino – contestou Heimdall, que era capaz de enxergar quase tudo. – Ele deixou isso para trás há eras. É outra pessoa agora. Provou seu valor repetidas vezes.

Como rei, Odin não estava acostumado a alguém questionar seu discernimento.

Mas Heimdall não era um alguém qualquer.

– Costumas falar com ele? – perguntou Odin.

Heimdall olhou para a água e o horizonte com olhos cor de âmbar liquefeito, como se eles reluzissem por dentro. Via as ondas quebrarem no oceano, mas também via o que havia além.

Os sentidos aguçados de Heimdall o diferenciavam dos demais asgardianos: eram uma bênção e uma maldição. Era necessária extrema concentração para dar atenção a uma única coisa por vez. Heimdall passara sua vida aprendendo a tirar o máximo de potencial desses sentidos.

Seus pensamentos foram interrompidos por um som grave e gutural que ele reconheceu imediatamente. Odin. Pigarreando. Chamando a atenção de Heimdall para o momento presente.

– Nós nos falamos… ocasionalmente – respondeu Heimdall, evasivo, tentando se limitar ao que foi perguntado.

– Quando ele precisa que operes a Bifrost – disse Odin, rindo – para recolhê-lo de suas… aventuras. Em Midgard, sem dúvida.

– O senhor se preocupa com ele – Heimdall observou, deixando a afirmação de Odin de lado.

Qualquer outra pessoa ao lado de Odin teria visto o rei fitar as águas calmas abaixo dele, quase impassível. Mas Heimdall e seus sentidos aguçados notaram o tremor ligeiro nos lábios de Odin conforme ele falava.

– Estou preocupado com *os dois* – Odin corrigiu. – Um pai sempre deve se preocupar no que diz respeito a seus filhos.

Loki. O filho mais novo de Odin, tomado dos Gigantes de Gelo quando era apenas um bebê e adotado pelo rei e pela rainha. Mas embora Loki tivesse vivido em Asgard quase a vida toda, Heimdall sabia que ele nunca havia se sentido realmente à vontade naquela cidade dourada.

Heimdall tirou os olhos de Odin e voltou a mirar para além do oceano.

– Minhas preocupações são as mesmas que qualquer pai teria – disse Odin. – Mas algo diferente preocupa-te, Heimdall. Não aches que és o único que tem a habilidade de notar as coisas.

– Preocupo-me – Heimdall admitiu por fim, quase com relutância. – Preocupo-me com Asgard. – Heimdall voltou seu olhar para Asgard. Ele viu uma borboleta passando por um homem calvo. O homem fez uma careta enquanto marchava pela ponte que se estendia entre o observatório e a cidade de Asgard. Ele não parecia notar a borboleta.

Só Heimdall notava.

CAPÍTULO 2

Quando Thor abordou Heimdall para exigir passagem a Jotunheim, o que parecia ter sido eras atrás, Heimdall estava tendo um dia bem ruim.

Thor estava com seu irmão, Loki, além de Sif e os chamados "Três Guerreiros": Frandral, Hogun e Volstagg. Heimdall devia parecer sereno como sempre do lado de fora. Mas por dentro, estava colérico. Três Gigantes de Gelo haviam acabado de tentar se infiltrar em Asgard. De algum modo, os gigantes haviam conseguido entrar em Asgard sem que ele notasse. Heimdall não acreditava que isso sequer fosse possível. Mas aconteceu mesmo assim.

– Nunca... um inimigo escapou a meus olhos – ele lamentou ao grupo diante dele. – Até hoje. Gostaria de saber como isso aconteceu. – Ele fitou Loki, sentindo algo que não conseguia determinar ao certo.

Thor e seus companheiros caminharam até o observatório, esperando que Heimdall ativasse a Bifrost e os transportasse ao ermo congelado de Jotunheim. Quando Heimdall colocou sua espada no receptáculo, o observatório ganhou vida, com energia crepitando por todo o seu espaço. A estrutura em si começou a girar devagar, depois mais rápido, depois mais rápido ainda.

A Bifrost estava quase pronta quando Heimdall voltou a falar:
– Tende ciência... Cumprirei meu juramento de proteger este reino como guardião dos portões. Se vosso retorno ameaçar a segurança de Asgard, a Bifrost há de permanecer fechada para vós.

– E se você só deixar a ponte aberta para nós? – Volstagg perguntou, tentando aliviar o clima pesado permeando o observatório.

A resposta de Heimdall foi objetiva:
– Deixar esta ponte aberta liberaria todo o poder da Bifrost e destruiria Jotunheim, convosco junto.

Thor apenas sorriu, sempre o guerreiro confiante.
– Não tenho planos de morrer hoje.
– Ninguém jamais tem – Heimdall declarou.

Com isso, Heimdall afundou a espada com toda a sua força, enviando o grupo de asgardianos reunidos diante dele pela Bifrost. Um segundo depois, eles tinham sumido de lá.

Mas Heimdall ainda os via. Ao chegarem à tundra gélida de Jotunheim, ele via cada movimento, ouvia cada palavra que era dita. Em quase qualquer outra ocasião, ele manteria a atenção em Jotunheim, esperando pelo sinal de Thor para transportar o Filho de Odin e seus companheiros caso a situação exigisse uma extração de emergência.

Mas aquela era uma ocasião diferente. Heimdall estava... absorto. Não conseguia parar de pensar na intrusão dos Gigantes de Gelo. Como seus sentidos poderiam ter falhado? Será que estava perdendo seus vastos poderes?

"Não pode ser eu. Não são meus sentidos que estão vacilando. É Loki. De algum modo, ele é responsável."

*

– Estás com aquela expressão – Odin disse calmo, interrompendo o devaneio de Heimdall, fechando o olho que ainda enxergava e inalando profundamente uma brisa gentil vinda do oceano. – Estás remoendo aquele incidente com os Gigantes de Gelo de novo, não?

Heimdall olhou para o Pai de Todos. Sua percepção era ímpar.
– Sabia que Loki era de algum modo responsável por permitir que os Gigantes de Gelo entrassem em Asgard. Tinha certeza.
– E no entanto nada fizeste para impedir que ele acompanhasse Thor e os outros a Jotunheim – declarou Odin.

Heimdall percebeu que o tom de Odin não era acusatório ou sequer tinha algum traço de raiva. Ele simplesmente afirmava um fato.

– Não, não fiz. Eles pediram passagem para Jotunheim e eu atendi ao pedido.

– Por que achas que o fizeste?

Heimdall pensou naquilo por um momento.

– Eu... eu não sei. Thor era...

– Teimoso? – Odin sugeriu.

– Eu pretendia dizer insistente e persuasivo – disse Heimdall. – Mas sim. Se eu não operasse a Bifrost naquele dia, ele teria encontrado outra solução. Ele sempre parece encontrar uma solução. E havia outra coisa...

Heimdall hesitou por um momento, virando a cabeça ligeiramente para a esquerda. Aguçou os ouvidos por um instante.

– Ela está falando à multidão – Heimdall relatou.

– Quem? Hela? – Odin perguntou. – Estás fazendo tudo o que podes, Heimdall. Não há quem pudesse fazer mais.

– Não é o suficiente.

– Nossa hora há de chegar – Odin disse; em seguida, deu as costas para o oceano e começou a caminhar pela grama macia da encosta.

– Precisava acontecer – Heimdall disse, passando a acompanhar a caminhada ao seu lado. – Thor precisava ir a Jotunheim. Era o destino.

– De fato, era – Odin comentou, pensativo. – Pois havia uma lição para se aprender. Sem a lição, Thor seria incapaz de defender Asgard quando a hora chegasse.

– A hora chegou – disse Heimdall.

– Está quase lá – respondeu Odin.

CAPÍTULO 3

A expedição de Thor a Jotunheim foi um fracasso irremediável.

– Vieram de muito longe para morrer, asgardianos– entoou uma voz grave e áspera.

Laufey.

Heimdall virou a cabeça de leve, com os olhos em busca. Encontrou o rei dos Gigantes de Gelo, sentado em seu trono. Diante dele, estava Thor.

– Sou Thor, Filho de Odin. – Tão orgulhoso, tão confiante.

– Sabemos quem você é – retrucou Laufey, desinteressado.

– Como a sua gente entrou em Asgard? – Thor exigiu saber.

– A morada de Odin está repleta de traidores – disse Laufey, ao mesmo tempo respondendo e ignorando a pergunta de Thor.

Thor se lançou para a frente, com o martelo encantado, Mjolnir, em mãos.

– Não desonres o nome de meu pai com tuas mentiras! – ele estrondeou.

– Seu pai é um assassino e um ladrão! – Laufey rebateu, levantando-se do trono. – E por que você veio até aqui? – prosseguiu, em tom de deboche. – Pela paz? Você deseja a batalha. Tem fome dela. Não é nada mais que um rapazote tentando provar que é homem.

Heimdall olhava tudo isso desenrolar-se enquanto um grupo de Gigantes de Gelo surgia, avançando lentamente, rodeando os asgardianos enquanto Laufey e Thor trocavam farpas.

Isso não acabaria bem.

– O *rapazote* em questão está farto de tua zombaria – Thor rosnou.

Heimdall ouviu o som de gelo cristalizando, formando-se e congelando num instante. Um olhar mais aguçado revelava que os Gigantes de Gelo envolviam os próprios braços em lâminas de gelo, preparando-se para a batalha inevitável. Heimdall sabia que a decisão de Thor de ir a Jotunheim era imprudente, arriscada. E lá estava ele, a milhares de quilômetros de distância, vendo e ouvindo tudo desenrolar-se diante dele, mas incapaz de intervir.

Mas isso não era de todo verdade.

Ele talvez estivesse incapacitado de intervir em Jotunheim naquele momento em particular, mas havia algo que podia fazer em Asgard.

– Ele foi para onde?! – rugiu Odin, cuja ira fez o próprio chão do observatório tremer.

– Para Jotunheim, meu senhor – Heimdall respondeu.

– Jotunheim... Há paz entre nós e os jotnar há muito tempo – disse Odin, com sua raiva aumentando ainda mais. – Há uma trégua entre nós, apesar da intrusão em Asgard por alguns Gigantes de Gelo desgarrados. Não deixarei que isso seja arruinando pelas ações impulsivas de um rapaz descuidado. Por que permitiste que fossem? E por que não me contaste antes? – perguntou Odin.

Heimdall deu a única resposta que tinha, que era a verdade:

– Thor ordenou que eu ativasse a Bifrost, meu senhor. Eu obedeci. Fiquei de olho nele e informei Vossa Alteza no momento em que a situação tornou isso necessário.

– Discutiremos tuas ações em outro momento – proclamou Odin. – Agora, ativa a Bifrost. Hei de falar com Laufey para desfazer o estrago que receio que meu filho já tenha causado.

*

Heimdall pôs-se de lado quando Odin apareceu no observatório, trazendo o grupo de asgardianos vingativos. Todos haviam voltado, mas Heimdall notou que Fandral havia sido ferido na batalha contra os Gigantes de Gelo.

Thor e Odin estavam no meio de uma discussão quando eles surgiram.

– Por que nos trazer de volta? – Thor quis saber.

– Tens ideia do que fizeste, do que começaste? – bramiu Odin.

– Eu estava tentando proteger a minha terra.

– Não consegues nem proteger teus amigos! – gritou Odin, que ficou ao lado da espada de Heimdall e a arrancou dos controles da Bifrost em um gesto rápido.

Sif e Volstagg carregaram Fandral para fora do observatório, enquanto Heimdall voltava à sua posição de guardião na entrada. Ele conseguia ouvir atrás dele cada palavra da altercação entre pai e filho.

– Não haverá reino para proteger se o senhor tem medo de agir – ele ouviu Thor dizer. – Os jotnar precisam aprender a me temer, como antes temiam ao senhor.

– Isso é a voz do orgulho e da vaidade – Odin vociferou. – Não da liderança. Esqueceste tudo o que eu te ensinei a respeito da paciência de guerreiro.

– Enquanto o senhor espera paciente, os Nove Reinos riem de nós – Thor retorquiu. – Os costumes antigos não servem mais. O senhor faz discursos enquanto Asgard sucumbe!

– Tu és vaidoso... cobiçoso... e cruel, meu jovem! – Odin repreendeu.

– E tu és um velho e um tolo!

Heimdall não precisava olhar para Odin. Em sua mente, conseguia facilmente conjurar o semblante de Odin, ao mesmo tempo decepcionado e com uma ira inexprimível, com lábios trêmulos, quase incapaz de emitir as palavras que estavam por vir.

– Sim... – Odin falou. – Fui um tolo. De achar que estavas pronto...

Heimdall ouviu o som de passos. Loki. Indo até Odin.

– Pai – disse Loki, tentando acalmar os dois.

Ele recebeu em resposta um grunhido severo e se calou.

– Thor, Filho de Odin. Traíste a ordem expressa de teu rei. Com tua arrogância e estupidez, expuseste estes reinos pacíficos e estas vidas inocentes ao horror e à devastação da guerra! És indigno desses reinos! És indigno de teu título! És indigno dos entes queridos que traíste.

Houve um silêncio prolongado. Um lado de Heimdall esperava que Thor dissesse alguma coisa, qualquer coisa, para apaziguar seu pai. Mas ele sabia que o momento para isso já tinha passado havia muito tempo.

– Eu agora tiro de ti o teu poder! Em nome de meu pai, e do pai de meu pai, eu, Odin, Pai de Todos, exilo-te!

O observatório pareceu explodir atrás de Heimdall.

E assim, tão rápido quanto começara, acabou. O observatório ficou quieto. Heimdall se virou por um breve momento e viu apenas Loki e Odin atrás dele; um em um silêncio atônito, o outro tremendo de raiva.

Thor havia sido banido de Asgard.

CAPÍTULO 4

Heimdall via a borboleta esvoaçar pela ponte.
– Mesmo quando estava banido, o observaste.
– Sim – Heimdall aquiesceu. – Desde o momento em que ele foi enviado a Midgard, fiquei de olho nele.
– Sabia que ficarias – Odin disse.
"Claro que sabia", pensou Heimdall. "O senhor é o Pai de Todos. Eu posso ser capaz de ver tudo o que acontece nesses Nove Reinos, mas o senhor adquiriu a sabedoria dos antigos. Eu percebo, mas o senhor *sabe*."
– Eu não traí...
– Ninguém disse que traíste, meu caro Heimdall – respondeu Odin. – Não esperava menos de ti. És um homem honrado e um homem atencioso. Eu não mudaria quem és por nada nesses Nove Reinos.
– Creio que o seu filho pensa o mesmo sobre o senhor – Heimdall disse, baixo.
– Eu sei – Odin respondeu, ainda mais baixo.
Heimdall ergueu a cabeça e olhou para além do vasto oceano diante dele. Conseguia vê-la de novo... Hela, como Odin a chamava. Por que ele não a havia mencionado antes?
Como se lesse sua mente, Odin disse:
– O que desejas saber? Quem é Hela? Por que ela veio a Asgard e por que o Ragnarok começou?
Heimdall aquiesceu com a cabeça, de forma lenta, quase imperceptível.
– Ela é minha filha – Odin disse em um tom direto. – Assim como Thor e Loki são meus filhos. Hela foi em muitos sentidos meu maior sucesso... e minha maior decepção. Nela conjurei uma entidade de poder imenso; mais parecida com uma arma do que

com uma pessoa. Usei esse poder destrutivo para sujeitar os Nove Reinos à minha vontade. E depois... – a voz de Odin esvaiu-se.

Heimdall estava prestes a dizer algo quando Odin de repente o interrompeu.

– Mas agora deves ir. Continuaremos nossa conversa depois.

✯

O terreno montanhoso era acidentado e traiçoeiro. O lugar podia ser um tanto inóspito para os despreparados.

Heimdall sempre estava preparado.

Ele agarrou uma rocha íngreme com as mãos nuas, buscando apoio para os pés conforme descia de forma lenta, mas confiante. Virando a cabeça, olhou para baixo, para a cidade cintilante e a avistou: Hela.

Ela era uma vista magnífica e maléfica de se contemplar. Envolta em preto e verde da cabeça aos pés, com um ornamento negro e complexo na cabeça. Ele viu que ela deixava a cidade e sabia exatamente para onde ia.

O observatório.

Enquanto descia a montanha, Heimdall apertou o passo. Precisava ser mais rápido que Hela e o homem ao lado dela: Skurge. Skurge o substituíra como o operador da Bifrost, depois que Heimdall foi declarado fugitivo.

Acusado pelo próprio Odin. Contudo, não era Odin.

Por meses, o "Odin" que governou Asgard e os Nove Reinos foi Loki secretamente disfarçado. Assim como em muitas coisas com o envolvimento de Loki, Heimdall não conseguiu enxergar o ardil do deus trapaceiro. Quando os Gigantes de Gelo invadiram Asgard, eles evitaram os olhos de Heimdall graças à astúcia de Loki. E, de algum modo, Loki havia conseguido enganar os sentidos dele, fazendo-o crer ser ele o verdadeiro Odin. A brincadeira só foi revelada com a volta de Thor, quando o próprio Filho de Odin viu que seu "pai" não era quem dizia ser.

Ele viu Hela e Skurge prestes a atravessar os portões enormes que protegiam a entrada da cidade de Asgard da Ponte do Arco-Íris. Heimdall percebeu que tinha que ir ainda mais rápido. Deixou escapar as mãos da pedra, caindo abruptamente seis metros em um afloramento rochoso logo abaixo. Ele pousou em uma posição agachada e equilibrada, deixando suas pernas fortes absorverem o impacto, e imediatamente se lançou dali, agarrando os galhos superiores de uma árvore alta e imponente perto de onde estava.

Descendo os galhos com pressa, Heimdall mantinha um olho em Hela e outro no observatório.

Passado um minuto, Heimdall havia chegado ao chão. Ele conseguia ver o observatório à distância, talvez a menos de duzentos metros. Havia uma chance ínfima de ele conseguir chegar antes de Hela.

O observatório estava quieto quando ele entrou. Silêncio total. Nenhuma alma viva dentro. Heimdall adentrou o lugar com toda a discrição que conseguia ter. Teve o cuidado de não mexer em nada e não fazer um som sequer.

Foi então que viu o que tinha vindo buscar. A espada estava em seu devido lugar, aguardando seu dono. Heimdall havia abandonado a espada quando fugiu para as montanhas para exilar-se. A espada era a chave, o componente único e indispensável para ativar a Bifrost.

Heimdall sabia que Hela desejava a Bifrost para seus próprios fins sinistros – ele a vira e ouvira dizer. Com seus poderes terríveis e a Bifrost sob seus comandos, Hela entraria nos Nove Reinos a seu bel-prazer, destruindo qualquer um que se opusesse. E até mesmo quem não se opusesse. Ela não era exigente.

Era, na melhor das hipóteses, uma protelação, mas Heimdall sabia que se ele ao menos retirasse a espada do observatório, Hela ficaria incapaz de viajar para Nove Reinos. Pelo menos até que ela realizasse uma busca por todo o território asgardiano.

Heimdall retirou a espada de seu receptáculo com um movimento rápido e ininterrupto, e a furtou do observatório, sem ser visto nem ouvido.

O tempo agora estava contra ele.

Heimdall precisaria de um milagre.

CAPÍTULO 5

– **M**uito bem.
Heimdall olhava para cima enquanto subia até o topo de um declive rochoso.

– O senhor viu – disse, ofegante, enquanto se levantava e ajeitava a postura diante da presença de Odin.

– Já salvaste inúmeras vidas – Odin disse, baixo. – Essas são as ações de um líder genuíno.

– Se o seu filho estivesse aqui, ele teria feito o mesmo – Heimdall respondeu.

– Diz-me: tu defendes todos os filhos de Asgard com a mesma firmeza com que defendes Thor?

Caminhando pela trilha, Heimdall se permitiu o que, para ele, era um sorriso.

– Não todos – disse. – Só os que são dignos.

– *Aahh*. E Thor é digno de tua amizade?

Em seu posto de guardião da Bifrost, protetor dos portões de Asgard, Heimdall era fervorosamente leal a Odin. Ele estava sempre de guarda, sempre pronto para defender Asgard e seus cidadãos. Por isso, ele nunca se permitia pensar em ninguém como amigo.

O guardião conhecia o Filho de Odin desde que ele era bebê. Como os olhos e ouvidos do reino, Heimdall vigiava todas as coisas, independentemente do quanto fossem grandes… ou pequenas. E algo na criança pequenina chamara a atenção de Heimdall. Mesmo na época em que Thor era um menino, Heimdall via nele as sementes da grandiosidade. Sim, havia a arrogância da juventude. Em termos de arrogância, Thor era excepcional. Mas ele também via que Thor se importava profundamente com sua família, seus amigos e o povo de Asgard.

Conforme Thor passava de menino a jovem adulto, Heimdall percebeu como ele havia ficado parecido com o pai. Talvez seja por isso que ele e Odin brigavam tanto.
– Mais do que digno – Heimdall respondeu.
– Silêncio – Odin disse, de repente. – Estás vendo?
Heimdall olhou para o caminho de madeira ao redor dele e para onde ele levava.
– Cuidarei deles – Heimdall disse baixo. Depois, pôs-se a correr.

★

Mais adiante, Heimdall os viu. Uma família.
Eles corriam pelas florestas, subiam pela montanha, atravessavam um riacho. Seus passos faziam barulho, eram desajeitados e espalhavam água para todo lado. Qualquer um teria ouvido a chegada deles.
Pareciam asgardianos, as coisas que perseguiam a família. Mas só pareciam. Heimdall sabia que não eram seres de carne e osso. Eram os mortos, ressuscitados, ao receberem de Hela uma vida sobrenatural.
Suas ordens sórdidas incluíam capturar asgardianos.
As pernas de Heimdall latejaram quando ele se lançou para ficar em posição, escondendo-se em uma passagem estreita. A família vinha em direção a ele. As criaturas estavam cada vez mais próximas deles. A garota foi a primeira a atravessar a passagem, e ela foi de encontro a Heimdall, que não se mexeu um centímetro sequer.
– Com licença – ele disse, tentando deixar a garota em algo que se assemelhasse com à vontade.
A família vinha logo atrás da garota quando as criaturas avançaram num impulso. Nada, porém, seria capaz de prepará-las para a ferocidade e rapidez do ataque de Heimdall. Com golpes de ampla circunferência, ele cortou os seres malignos, derrubando-os.

Antes que a batalha sequer começasse, as criaturas estavam aos pés dele, eliminadas.

Com um gesto de mão, ele sinalizou para que a família o seguisse.

*

Heimdall conduziu a família pelo caminho e até o desfiladeiro só após ter certeza de que não estavam sendo seguidos. A trilha levava a um pico de montanha. Na parede da montanha, havia uma série de relevos que pareciam esculpidos – entalhes feitos em rocha sólida por mãos antigas.

Heimdall ergueu uma mão, um comando em silêncio para que a família ficasse parada onde estava. Depois, ajoelhou-se diante dos entalhes intricados na parede e murmurou uma série de frases. Quando terminou, uma parte enorme da parede rochosa da montanha pareceu desaparecer, como se nunca tivesse existido.

Dentro da montanha havia asgardianos. Centenas deles. Talvez milhares. Homens. Mulheres. Crianças. Todos que haviam fugido da cidade de Asgard com a chegada de Hela. Gente que correu para as montanhas em busca de uma chance de sobreviver.

Heimdall deu a eles essa chance. Ele guiou cada um deles até esse lugar.

– Vocês primeiro – disse Heimdall, enquanto a família, agradecida, adentrava o santuário.

CAPÍTULO 6

– Precisamos dele. Precisamos dele, mas mal consigo vê-lo. Ou ouvi-lo. Ele está tão longe. – A voz de Heimdall era menos que um sussurro. Atrás dele, reunidos dentro do antigo santuário na montanha, estavam os cidadãos de Asgard, juntos e amontoados para ter mais segurança. Não todos, é claro. Alguns já haviam falecido sob o reino cruel de Hela. Outros ainda estavam na cidade, com medo de ficar, mas com mais medo ainda de fugir.

Heimdall vinha fazendo tudo o que podia para salvar o máximo de pessoas possível, trabalhando incansavelmente, dia e noite, escondendo pessoas da cidade nas montanhas.

Ele tinha receio de que isso não era o suficiente.

– Quando mais precisares dele, ele virá – Odin lhe assegurou.

Heimdall balançou a cabeça.

– Como o senhor pode ter tanta certeza?

No período em que Thor fora exilado na Terra, Odin sucumbiu ao Sono de Odin, deixando Loki como o regente de Asgard. Ele usou seus poderes para congelar Heimdall, depois ativou a Bifrost e viajou a Jotunheim. Foi então que Heimdall teve certeza, no mesmo momento em que ficava imóvel, que Loki havia providenciado para que os três Gigantes de Gelo entrassem escondidos em Asgard, assim desencadeando essa série de eventos.

Era uma fonte de frustração para Heimdall o fato de que, embora ele conseguisse ver e ouvir quase tudo que permeasse os reinos, ele não tivesse sido capaz de ver a infelicidade profunda que deve ter levado Loki a essas ações. Não conseguia conceber outro motivo. Loki não percebia que tinha uma família que gostava dele, que se importava com ele?

Após voltar de Jotunheim, Loki enviou o Destruidor à Terra para matar Thor. Depois, com uma aliança forjada entre Loki e Laufey, os Gigantes de Gelo invadiriam Asgard. De uma vez por todas.

Heimdall nada podia fazer além de assistir de longe a um Thor sem poderes, desprovido de sua força asgardiana e de seu martelo, Mjolnir, enfrentando o Destruidor, extremamente blindado e mortífero, em uma cidade pequena. Seus companheiros fiéis – Sif, Fandral, Hogun e Volstagg – viajaram a Midgard para ficar ao seu lado. Mas não havia muito que pudessem fazer para deter aquela força aparentemente irresistível.

O Destruidor era usado para proteger Asgard, seu povo e seus segredos há muito tempo... até então. Achava-se que ele era indestrutível. E lá estava Thor, agora um mero mortal, arriscando a vida para salvar outras pessoas nessa cidadezinha no Novo México.

Parecia que Thor havia afinal aprendido a lição da humildade, mas tarde demais: o Destruidor esmagou Thor como uma mosca, e pareceu às pessoas mais próximas que tudo estava perdido.

Foi aí que aconteceu. Do nada, o martelo encantado, Mjolnir, voou pelo ar e foi até a mão desarmada de Thor.

Foi naquele momento que Thor se mostrou mais uma vez digno.

Novamente com toda a sua força. Thor detêve o Destruidor imediatamente. A paz no Novo México foi restaurada, mas, àquela altura, os Gigantes de Gelo haviam invadido Asgard, e Thor precisava ajudar seu lar.

Embora congelado, Heimdall sabia que precisava libertar-se para ativar a Bifrost. A segurança de Asgard dependia disso. O desespero se acumulava no guardião e, em um ato de força de vontade e vigor inacreditáveis, ele escapou de seu cárcere de gelo e girou sua espada, fazendo a Bifrost despertar de novo.

Em um lampejo, a Bifrost levou Thor a Asgard para enfrentar os Gigantes de Gelo. Mas, no fim das contas, a invasão deles não era o verdadeiro objetivo de Loki.

Loki havia enganado os dois lados, e agora tentava usar a Bifrost para destruir Jotunheim por completo. Se deixada sem controle e fixada em um único alvo por um período prolongado, ela destruiria o alvo por completo.

Uma luta sucedeu entre Loki e Thor, irmão contra irmão. Ficou claro para Thor que o único modo de evitar que a Bifrost exterminasse Jotunheim e inúmeras vidas no processo era destruir a ponte do arco-íris que ligava a cidade de Asgard ao observatório. Ele martelou a ponte com Mjolnir e a lendária passagem multicor começou a ceder.

Thor teve sucesso, mas pagou um preço terrível. A ponte ficou destruída, pelo menos até que pudessem reconstruí-la. O observatório e a Bifrost foram inutilizados.

E, suspensos na ponte quebrada, Thor e Loki estavam à beira do abismo.

Foi apenas a chegada providencial de Odin, que emergira do Sono de Odin, e seu pulso firme que permitiram que Thor sobrevivesse. E embora seu irmão tivesse traído tanto ele como todos em Asgard, Thor ainda tentou salvar Loki.

Mas Loki não queria ser salvo. Ele soltou a mão de Thor e mergulhou na vastidão do vazio abaixo dele.

– Assim como Thor teve sua provação daquela vez, tens a tua agora.

Heimdall não fracassaria.

– Há mais deles esperando lá embaixo – disse Heimdall. Ele olhou para além do amontoado de pessoas, da rocha íngreme, da floresta abaixo e das muralhas da cidade e viu mais asgardianos em grupo, fugindo e se escondendo dos guerreiros mortos-vivos de Hela. – Preciso ir até eles agora.

– Estarei contigo – Odin disse. – Sempre.

CAPÍTULO 7

Heimdall desceu da montanha, percorrendo a parede da superfície rochosa que passou a conhecer tão intimamente quanto o observatório no qual morava. Cada vez que saía do santuário, ele criava uma nova rota para permanecer o mais oculto possível. Ele não podia arriscar nem uma chance mínima de que Hela, Skurge, ou os mortos-vivos encontrassem um caminho gasto que levasse a praticamente toda a população de Asgard.

Ao chegar ao pé da montanha, ele teve o cuidado de evitar qualquer movimento desnecessário. Hela e Skurge estavam no palácio. Isso significava que Heimdall talvez tivesse chance de salvar as pessoas e tirá-las da cidade sem que fossem notados.

Ele olhou para além das colunas e paredes e as viu apinhadas no corredor de um prédio abandonado, agarradas a mantos, tremendo de ansiedade e medo.

Ao lado dele, uma borboleta voou e Heimdall notou a cor de suas asas. Um laranja brilhante.

– Heimdall! – exclamou uma voz. O guardião de Asgard olhou para o homem que disse seu nome e levou o indicador aos lábios, para sinalizar silêncio. O homem corou e ficou quieto.

Heimdall conseguiu chegar até o grupo de asgardianos no corredor. Sem dizer nada, gesticulou com a mão esquerda, um comando silencioso para que o seguissem. Juntos e com discrição, eles percorreram a passagem. Ele conduziu as pessoas até o outro lado da porta e saiu por último.

Em um dia normal, aquela rua estaria cheia de asgardianos realizando seus afazeres cotidianos.

Naquele dia, ela estava quieta como um túmulo.

– Encostem-se na parede – Heimdall sussurrou. Os asgardianos sob seus cuidados seguiram as ordens e percorreram a rua com os corpos colados aos prédios.

Um a um, os asgardianos passaram por Heimdall e entraram em um recuo de parede escondido da rua. Ele praticamente socou o último homem no espaço apertado, tentando deixar a área limpa antes que a patrulha de seres mortos-vivos de Hela estivesse à vista.

Ali, nas sombras silenciosas do recuo, Heimdall viu as criaturas passarem lentamente, em busca de sinais de vida.

Não acharam nenhum.

Heimdall conseguia ouvir os suspiros de alívio ao seu redor. E então ouviu outra coisa. Alguém chamando seu nome.

Thor.

Heimdall estreitou os olhos na direção de onde a voz viera. Ele via a borboleta laranja, o observatório e os Gigantes de Gelo em Jotunheim, mas ainda não via Thor. Ele olhou com ainda mais afinco e, enfim, um contorno vago que só podia ser o Filho de Odin se formou em sua vista.

– Vejo-te – Heimdall respondeu em um tom sussurrado. – Mas estás muito longe.

Foi necessária muita concentração, mas Heimdall conseguiu estender sua vista por uma grande distância, até Thor, e mostrar a ele o que ocorria em Asgard.

– O que está havendo? – Thor perguntou, desorientado.

– Vê com teus próprios olhos – respondeu Heimdall. Com isso, ele fez um aceno de mão para que as pessoas voltassem a segui-lo. Ele olhou para fora brevemente e viu as ruínas fumegantes de Asgard. – Estou fornecendo abrigo em uma fortaleza construída por nossos ancestrais. Mas se esse forte ruir, nossa única escapatória será a Bifrost.

– Você está falando em evacuar Asgard? – Thor perguntou, incrédulo.

– Não duraremos muito se ficarmos. – Onde quer que Thor estivesse, Heimdall precisava dele ali, imediatamente.

A conexão entre eles se rompeu antes que pudessem conversar mais, mas Heimdall esperava que tivesse sido o suficiente para comunicar a Thor a necessidade urgente de sua presença em Asgard. Ele sabia que Thor viria.

Só esperava que viesse a tempo.

CAPÍTULO 8

—Ainda há tempo.
— É pouco e precioso — Heimdall disse bruscamente. Não pretendia falar com Odin dessa maneira, mas a situação estava um tanto lúgubre. — Hela há de vir. E se estivermos aqui quando ela vier, receio que tudo terá sido em vão.
— Então é simples tua solução — disse Odin. — Não estejas aqui.
Heimdall conseguiu rir de leve.
— É fácil assim, então?
— Nada que vale a pena fazer é fácil. Mas não há muitos outros em quem eu confiaria para realizar tal plano.

*

Dentro da montanha, Heimdall contemplava os asgardianos, trocando olhares com muitos deles. Os rostos que via estavam exaustos. Desgastados. Irrequietos. Aterrorizados. Tanto os jovens como os velhos. Havia tantos deles. Heimdall se perguntava como seria possível retirar todos do santuário.

Mas se eles fossem partir, teria que ser imediatamente. Cedo ou tarde, Hela chegaria. Ela não pararia por nada, destruiria todos para obter a espada, para então poder viajar para os Nove Reinos a seu bel-prazer e varrê-los completamente.

— Escutem-me — disse Heimdall, cuja voz praticamente fez tremer as paredes da caverna. — Precisamos ir embora, agora mesmo. Por ali. — Ele apontou para um túnel longo e escuro. — É um caminho para o outro lado da montanha. Devem me seguir, e desceremos até a ponte do arco-íris. Nossa meta é o observatório.

– O observatório? – disse uma voz. Heimdall viu que era um senhor idoso, muito mais velho que Odin. – Para onde iremos?

– Nossa única esperança agora é a Bifrost – ele respondeu. – Precisamos sair daqui para que Asgard sobreviva.

– Vamos abandonar Asgard? O que Odin pensaria a respeito disso? – retorquiu o homem. Seu tom não era bravo, mas assustado. Em dúvida. Incerto.

– É a vontade de Odin que deixemos Asgard – Heimdall disse, e um burburinho alto começou a permear os asgardianos reunidos. – Nós vimos do que Hela é capaz. Vimos dezenas e dezenas de Einherjar serem mortos a sangue frio. Eles não tiveram chance. Perdemos guerreiros corajosos como Hogun, Volstagg e Fandral.

– Então... vamos fugir? – disse outra voz.

– Vamos sobreviver – Heimdall disse. – Não há outra opção.

– E quanto a Thor? – falou outro. – Ele nos abandonou? Será que agora só se preocupa com o povo de Midgard? E quanto aos problemas de sua própria gente?

A ira de Heimdall despertou diante de uma acusação tão franca.

– Partiremos agora – ordenou.

*

– Não te enfureças com o povo, Heimdall. Eles fazem afirmação somente com base no que sabem, no que viram. Houve um tempo em que eu também achei que ele havia abandonado Asgard – disse Odin.

Heimdall andava pelo túnel, com as paredes irregulares de pedra ladeando-o. Os asgardianos começaram aos poucos a segui-lo.

– O senhor fala do tempo dele em Midgard – disse Heimdall. – Mas ele esteve aqui para enfrentar a ameaça dos Elfos Negros, para impedir que Malekith destruísse tudo.

– Eu não fazia nenhuma acusação – disse Odin. – Suas ações contra os Elfos Negros provaram que meu filho guardava Asgard no fundo do coração e se importava com seu povo mais do que com qualquer outra coisa. Como deveria ser com qualquer asgardiano.

De repente, Odin perguntou:

– O que viste ao falar com meu filho? Sabes onde ele estava?

– O lugar exato era incerto – Heimdall respondeu. – Ele está bem distante de Asgard. Havia... outra pessoa com ele. Já o vi antes. Um companheiro de teu filho... um homem de nome Banner.

– Ah, sim – disse Odin. – Ele já mencionou Banner. Ele é um dos... Vingadores, creio eu. É o que se transforma naquele troll...

– Hulk. É assim que teu filho o chama.

– Os caminhos dos dois se cruzaram por um motivo, Heimdall – disse Odin, falando devagar. – Há uma razão para tudo isso. Uma razão para o Ragnarok ocorrer agora. Uma razão para estares carregando fardos tão grandes. E, em breve, uma razão para o fato de que Thor estará aqui. E Banner também.

Em um instante, Heimdall se deu conta de que Odin falava a verdade. Durante a conversa breve que teve com Thor na cidade, ele havia vislumbrado alguém ao lado do Filho de Odin. A distância era grande e, mesmo com sua visão aguçada, Heimdall tivera dificuldade em ver quem era. Mas agora ele se perguntava: onde quer que Thor estivesse, será que Banner estava com ele?

– Espero que o senhor tenha razão – disse Heimdall. – Se não tiver ajuda, não sei ao certo quem sobreviverá.

CAPÍTULO 9

O Ragnarok. A destruição definitiva de Asgard.
De geração para geração, os asgardianos repassavam a história de como um dia Surtur emergiria e destruiria Asgard por completo.

Apesar do que Odin lhe contara, e apesar do que seus sentidos lhe revelaram, Heimdall achava difícil de se acreditar. Se o Ragnarok era de fato iminente, por que ele não o havia reconhecido antes?

Heimdall sabia que a profecia era verdadeira; sabia do fundo do coração. E se fosse verdade, e os eventos que se desenrolavam naquele momento fossem de fato o início do fim para Asgard, Heimdall se perguntava se podia fazer algo para impedir o Ragnarok.

Mas *como* o Ragnarok podia ser iminente? Thor não tinha liquidado o demônio de fogo? Surtur não existia mais – Heimdall viu acontecer fazia pouco tempo. Assistindo de longe do alto da montanha, ele viu Thor entrar no reino de Surtur, Muspelheim. O Filho de Odin esperou pelo momento exato para realizar seu ataque a Surtur, removendo a Coroa do Fogo Negro de sua cabeça. Thor pegou a coroa e a levou a Asgard. Heimdall acompanhou das montanhas enquanto a relíquia era colocada no cofre debaixo do palácio de Asgard.

Sem a coroa, Surtur não poderia mais existir neste mundo ou em qualquer outro. O único modo de o demônio de fogo recuperar seu corpo e voltar à vida seria se de algum modo a coroa entrasse em contato com a Chama Eterna. Mas a Chama Eterna também estava guardada nos cofres subterrâneos de Asgard. Ninguém era permitido nos cofres e eles eram extremamente vigiados.

"Eles *eram* extremamente vigiados", Heimdall se lembrou. "Antes da chegada de Hela."

Ainda assim, ninguém com o mínimo de juízo faria isso, liberaria tamanho horror – nem mesmo Hela.

Se Surtur cumpriria a profecia destruindo Asgard, onde Hela entrava como parte desse grande plano?

Como se respondesse a seus pensamentos, Odin falou:

– Garanto-te, ela também tem seu papel a desempenhar em meio a tudo isso. – Heimdall ouvia a voz de Odin em seus ouvidos, mais baixa que antes, mas ainda vívida, ainda vibrante.

– E qual seria? – Heimdall perguntou, em voz alta.

Não houve resposta imediata; não que Heimdall esperasse receber uma. A essa altura, ele estava no final do longo túnel, ao ar livre, do outro lado da entrada da montanha.

Olhando para a saída do túnel que haviam acabado de atravessar, Heimdall olhou para além das paredes, para além da entrada, montanha abaixo.

Eles estavam a caminho. Hela, com Skurge ao seu lado. Ele não via ninguém mais com eles – nenhum sinal dos mortos-vivos. Heimdall tinha visto o que Hela era capaz de fazer. Ele viu das montanhas as legiões dos corajosos Einherjar – guerreiros asgardianos de elite – darem suas vidas em um esforço inútil para deter Hela antes que ela pudesse fazer mal a alguém. Nunca antes ele tinha visto nada igual. Ninguém, nem os Gigantes de Gelo, nem os Elfos Negros – ninguém – havia dado cabo dos guerreiros asgardianos de forma tão veloz e terrível.

Além disso, Hogun estava lá.

Ele estava no comando dos Einherjar naquele dia, na primeira tentativa dos asgardianos de conter o avanço de Hela. Hogun vinha do reino conhecido como Vanaheim. Seu povo, os Vanir, era honrado e nobre, conhecido por uma postura silenciosa e ênfase na ação.

O guerreiro destemido se recusou a servir Hela e resistiu a ela até o fim. Heimdall assistiu ao guerreiro exaurido ficar de pé, ainda insubordinado, ainda pronto para defender Asgard até a morte.

E foi exatamente esse o preço que Hogun pagou.

– Estás enlutado – disse Odin. – É natural.

– As mortes deles não foram naturais – lamentou Heimdall, olhando para a encosta. – Todas as mortes. Receio que não poderei velar todas. E haverá mais.

Heimdall olhava para o fluxo constante de asgardianos conforme eles desciam pela trilha da montanha, lado a lado. Gesticulou para que acelerassem. Um vislumbre rápido revelou Hela e Skurge cada vez mais próximos do santuário na montanha. A mágica que protegia a entrada do santuário não resistiria por muito tempo aos vastos poderes de Hela.

Ele procurou um sinal. Algo que desse a ele um mínimo de esperança de que tudo desse certo. Ele procurou uma borboleta.

Não viu nenhuma.

Os últimos dos asgardianos agora saíam do túnel, e Heimdall ficou para trás, só por um momento. Ele os viu começarem a descer a montanha. A presença dele seria necessária na vanguarda, e ele logo precisaria ir até o início da fileira.

"Por que estou protelando?", Heimdall pensou. Mas ele sabia a resposta, embora não quisesse admitir de forma alguma. Ele precisava fazer a pergunta que o atormentava antes de dar o próximo passo dessa jornada traiçoeira.

Heimdall reuniu toda a sua coragem.

– Pai de Todos, é verdade?

Odin respondeu, com a voz mais baixa do que antes.

– O que é verdade?

– Que o senhor está morto.

CAPÍTULO 10

—O Pai de Todos pode mesmo morrer?
As palavras ecoavam nos ouvidos de Heimdall, que levou um momento para se dar conta de que não fora Odin quem tinha feito essa pergunta, mas ele mesmo.

Ele esperou pela resposta de Odin, mas não ouviu nada. A voz que vinha diminuindo cada vez mais agora estava inaudível. Se é que sequer tinha estado lá.

Todo o tempo que ele falara com Odin, cada palavra que trocaram... Teria sido mesmo tudo obra de sua mente? Parecia tão real, como se Odin estivesse bem ali, do lado dele, dando-lhe ouvidos, aconselhando-o, ao passo que ele fazia o mesmo com Odin. Como sempre haviam feito.

Ele pensou em como a conversa deles começara, no desfiladeiro ventoso à beira do oceano. Como Odin parecia estar em paz, como seu semblante estava calmo. É claro, o rei de Asgard já estava morto. Já fazia algum tempo.

Heimdall sabia que era verdade, mas ainda assim não conseguia acreditar. Não *queria* acreditar.

Mas ele sabia porque vira acontecer. "Eu vejo tudo", pensou, e naquele momento o poder de visão de Heimdall certamente lhe pareceu uma maldição, não uma benção.

É como se ele o tivesse suprimido o tempo todo, até aquele momento.

Após a intriga com os Elfos Negros, Loki conjurou um encantamento em seu pai adotivo, apagando a memória de quem ele era. Depois, deixou-o em Midgard, por conta própria, e de algum modo conseguiu se passar por Odin em Asgard e assumir o trono em seu lugar.

Tudo isso debaixo do nariz de todos em Asgard, incluindo Heimdall, que não suspeitaram de nada. Graças aos feitiços do deus trapaceiro, os eventos foram encobertos de todos. *Esse* "Odin" decretou que Heimdall traíra Asgard. Por causa dele, Heimdall fugiu da cidade para as montanhas.

Só quando Thor voltou de Muspelheim trazendo com ele a coroa de Surtur, Heimdall se deu conta de que esse "Odin", de Odin, não tinha nada. De sua vista nas montanhas, Heimdall viu Thor chegar ao observatório e ser recebido por Skurge. Thor não era de esperar por formalidades – muito menos para ver o próprio pai – e voou até a cidade, fazendo com que Skurge corresse para alcançar o príncipe asgardiano.

Heimdall assistiu atentamente ao que ocorreu em seguida. Ao chegar, o Filho de Odin pareceu sentir que havia algo muito, muito errado. No instante seguinte, Thor agiu com base na sua suspeita e a armação de Loki foi a todos revelada. Thor agarrou Loki e juntos eles foram a Midgard pela Bifrost em busca de Odin.

Quando finalmente o encontraram, ele estava em rochedos noruegueses. Odin contemplava o oceano, calmo, em paz. Quando Thor e Loki chegaram, descobriram que seu pai havia recuperado a memória.

Primeiro, Odin pediu desculpas a Loki. Por desapontá-lo.

Foi a primeira vez que Heimdall ouviu Odin mencionar o Ragnarok, não como uma lenda antiga, mas como um evento que definitivamente aconteceria. Ele contou a Thor e Loki sobre a irmã deles, Hela, e como ela estava por vir.

Odin estava tão cansado. Seu corpo desapareceu naquele momento, no gramado do rochedo na Noruega, em uma nuvem de poeira estelar que se dissipou sob a luz vespertina suave.

Em seguida, Hela apareceu.

Thor e Loki fizeram o melhor que podiam para tentar detê-la. Thor arremessou Mjolnir em direção a Hela, um ataque que sem dúvida derrubaria qualquer outro adversário... mas Hela deteve o avanço do martelo com um simples movimento de mão.

Heimdall não conseguia acreditar. Ela pegou Mjolnir na palma da mão como se não fosse nada mais que um talher de mesa.

E depois o fez em pedacinhos.

Loki pediu para Skurge ativar a Bifrost. Heimdall sabia que isso era um erro. Thor também sabia, pois gritou para desfazer a ordem dada a Skurge, mas era tarde demais. O feixe brilhante de energia puxou Thor e Loki para as ondas da Bifrost.

E levou com eles uma presença bastante indesejada.

Hela.

CAPÍTULO 11

—Mais rápido, precisamos continuar avançando!

Heimdall vociferava a ordem aos asgardianos, insistindo para que seguissem em frente. Um breve olhar por sobre o ombro revelou o que ele já sabia. Hela havia encontrado o refúgio na montanha e entrado nele, ficando consternada ao não encontrar nada nem ninguém. Mas ela sabia que os asgardianos tinham estado lá.

Então, ele escutou algo.

Algo pequeno.

Mas é assim que sempre começa.

– Parem! – Heimdall gritou. Ao longo da trilha, o comando "Parem!" foi repetido, até que todos tivessem deixado de andar, freando abruptamente a descida pela montanha. – Não avancem mais – Heimdall comandou. Ele colocou a mão direita no pomo da espada e avançou pela floresta.

Heimdall precisou esforçar-se, mas conseguiu ignorar o som dos próprios pés enquanto corria por entre as árvores. Tentava isolar o som que havia escutado.

Passos.

Vindo de mais adiante.

Assim que ele identificou a direção de onde vinha o som, Heim--dall fixou o olhar. Era nebuloso, por algum motivo... Quanto mais ele tentava olhar para longe, mais turvas ficavam as coisas. Algo dificultava sua visão.

Ou alguém.

Hela.

O som ficou mais próximo e Heimdall mal conseguia distinguir as formas que vinham até ele de longe. Mas sabia o que eram. A essa altura, reconheceria os guerreiros mortos-vivos de Hela em qualquer lugar.

"Eles devem ter sido convocados por Hela para nos interceptar", pensou Heimdall. "Se pretendemos ter alguma chance de chegar ao observatório e escapar pela Bifrost, preciso deixar as criaturas longe dos demais."

– Sei que estão aqui! – disse Heimdall. – Enfrentem-me!

Ele ouviu sua voz ecoar pelas árvores. Não houve resposta. Heimdall aguardou. As formas eram turvas, mas ele as via agora, aproximando-se.

O estalo de um galho preencheu seus ouvidos. Depois outro.

Ele não se mexeu.

As formas estavam ainda mais perto. O ar estava tão inerte.

Heimdall esperou.

Então, virou-se, como se começasse a se afastar.

A primeira criatura se lançou para cima de Heimdall, com intento de matar.

Heimdall girou virando-se, com Hofund firme em suas duas mãos. A lâmina atravessou perfeitamente a barriga da coisa, e Heimdall deu um golpe para a esquerda. Ele dividiu o corpo em dois com um corte limpo.

Outro guerreiro morto-vivo surgiu à direita de Heimdall, brandindo um mangual de uma mão. A criatura girou a corrente e depois lançou a bola metálica e espinhenta diretamente no rosto de Heimdall.

Com a velocidade de um guerreiro nato, Heimdall bloqueou a bola. Um metal bateu em outro. A corrente logo envolveu a lâmina de Heimdall e a criatura puxou o cabo para trás com toda a sua força, tentando desarmar o guardião dos portões.

Em vez de debater-se para segurar a arma, Heimdall fez o inesperado. Ele a soltou.

A bola de ferro e a espada voaram para a criatura com tanta força e velocidade que a levaram ao chão. Heimdall aproveitou a vantagem adquirida. Recuperou a espada, com o mangual ainda atrelado a ela, e deu um golpe potente na criatura até que ela deixasse de se mover.

Heimdall se levantou, olhando ao redor, ouvindo com atenção.

"Esses dois estavam sós", pensou. "Eles estão enviando batedores, para tentar nos encontrar."

Ele se virou e olhou de novo para o alto da montanha. Deu-se conta de que não via mais Hela ou Skurge.

Aonde eles foram?

CAPÍTULO 12

"**Q**uando mais precisares dele, ele virá."
As palavras de Odin reverberavam na mente de Heimdall. Mas eram mesmo palavras de Odin? Ou meramente o otimismo dele falando mais alto?

A verdade é que ele não sabia. E, a essa altura, ele não se importava.

Pois quando ele direcionou seu olhar para além das montanhas, atravessando o terreno acidentado, os contrafortes e os portões de Asgard até chegar ao palácio, ele viu que Hela e Skurge haviam voltado para lá. Sem dúvida eles poderiam ter seguido os asgardianos pelo túnel e Hela poderia ter impedido que eles continuassem.

Por que ela não fizera isso?

Foi no palácio que Heimdall encontrou a resposta.

Pois ali estava o Filho de Odin em pessoa. Ele havia voltado, assim como Odin havia dito.

Heimdall sentiu o coração parar por um instante; depois, ele respirou fundo.

– Já era hora – disse baixo, em seguida correndo para voltar aos asgardianos enfileirados.

– Andem, como se suas vidas dependessem disso! – ordenou Heimdall. – Agora, enquanto Hela está distraída. Podemos atravessar a ponte e chegar ao observatório! Mas só se formos rápido!

– Vocês ouviram? Ele disse para andar! Vamos, venham comigo!

Heimdall se virou e viu uma garota jovem puxando a manga da mãe, encorajando os outros a seguirem. "A jovem tem os traços de uma líder, uma guerreira genuína", pensou. "Se ao menos tivesse a chance de crescer, de concretizar esse potencial."

– Ajuda-me a manter a fila andando! – instruiu à garota. Olhos ávidos aceitaram o pedido dele. Eles estavam quase nos contrafortes. Mais adiante, Heimdall conseguia vislumbrar a ponte e o observatório, agora próximos o suficiente para que ficassem visíveis mesmo sem sua visão incrível.

– Escutem-me – ele disse. – Temos como chegar ao observatório. Precisamos primeiro atravessar a ponte. Ficaremos vulneráveis. Corram depressa, não olhem para trás. Ninguém deve ficar para trás.

– Ninguém deve ficar para trás! – a garota gritou.

– Ninguém deve ficar para trás! – a multidão de asgardianos berrou.

Heimdall sabia que as chances de que todos os asgardianos sobrevivessem ao trajeto pela ponte até o observatório e a Bifrost eram nulas. Ele detestava pensar assim, mas era inevitável. Alguns morreriam. Nem ele, nem mais ninguém, teria como mudar isso.

E, no entanto, não havia outra opção.

– Então vamos. Por Asgard! – Heimdall rugiu.

– Por Asgard! – ecoou a multidão.

★

Quando se aproximaram, a ponte estava vazia, sob um silêncio perturbador. O que quer que estivesse acontecendo no palácio entre Thor e Hela parecia tomar a atenção dos guerreiros mortos-vivos naquele momento. Heimdall os levou até a extremidade da ponte mais próxima aos famosos portões de Asgard. Havia chegado a hora. Tudo o que tinham que fazer era percorrer as várias centenas de metros de distância da ponte, para que ele então pudesse ativar a Bifrost e começar a evacuação.

Heimdall olhou para a extensão da ponte até o observatório. O caminho parecia vazio, sem nenhum sinal de mortos-vivos. Ele tentou procurar sinais de uma armadilha mais adiante, mas novamente havia algo turvando a visão. A mesma obstrução nebulosa com a qual ele lidara na montanha. Ele sabia que a responsável era Hela.

– Sigam-me! – Heimdall disse enquanto colocava um pé na ponte, seguido do outro. Ele se moveu com energia enquanto os asgardianos o seguiram, rapidamente aglomerando-se na ponte, fileira após fileira. Eles ocuparam toda a largura dela e a multidão continuou a crescer atrás de Heimdall conforme ele avançava.

– O senhor acha que conseguiremos?

Heimdall olhou para baixo e viu a garota corajosa de antes. Ela tinha uma expressão no rosto que Heimdall esperava ver no semblante de um guerreiro velho e experiente. Era uma expressão que dizia que ela entendia a realidade da situação, que alguns deles talvez não sobrevivessem.

– Vamos tentar – disse Heimdall. – Tudo o que podemos fazer é ajudar os demais.

Ela sorriu.

Eles estavam chegando próximo ao centro da ponte. Até então, eles seguiam sem resistência. Heimdall ainda não conseguia ver nada além do observatório, e ele murmurou um xingamento para Hela.

Então, ouviu o som de um grunhido. Um rosnado. O som vinha da direção do observatório, e Heimdall olhou para essa direção em busca de sinais de sua fonte.

Logo, ele viu. Todos viram. Era um bicho gigantesco, coberto de pelo, com olhos reluzentes e sobrenaturais. Ele subiu na ponte pelo observatório, sendo ele quase do tamanho da própria estrutura. Com quatro patas fortes, começou a caminhar em direção aos asgardianos reunidos no meio da ponte.

Heimdall reconheceu o animal. Ninguém em Asgard o havia visto em muitas eras. Os restos mortais da fera há muito tempo falecida repousavam sob o palácio asgardiano, no cofre de Odin.

Era Fenris, o lobo.

Assim como Hela ressucitara os guerreiros para que a servissem como lacaios, ela devia ter usado os mesmos poderes para trazer o lobo Fenris de volta à vida.

E agora essa criatura há tanto tempo morta ficava entre toda a Asgard e a possibilidade de fuga.

CAPÍTULO 13

– **F**iquem atrás de mim, recuem! – estrondeou Heimdall. Ao seu comando a enorme multidão atrás dele começou a andar para trás, afastando-se do observatório.

Fenris, o lobo, deu um passo para a frente, depois mais um. Ele estudava sua presa. Podia dar-se ao luxo da paciência. Não havia pressa. Afinal, a presa não tinha para onde correr.

– Heimdall! – gritou alguém na multidão. O guardião de Asgard se virou, olhando para os portões de Asgard no outro lado da ponte. E os viu escorrendo pela entrada dos portões. Os guerreiros mortos-vivos de Hela, liderados por Skurge, brandindo seu machado, avançando para atacar a retaguarda do grupo de refugiados.

"Eu deveria ter previsto isso", Heimdall pensou, repreendendo-se. Era uma armadilha. "Tudo o que Hela precisava fazer era esperar por nós. Agora ela nos espremerá das duas direções, até não sobrar mais nada. Depois, pegará a espada, expondo os Nove Reinos aos seus caprichos."

Não havia escolha além da luta. Cada um deles – homens, mulheres e crianças – teria que colocar a vida em jogo para que tivessem alguma chance de sobreviver ao cataclismo.

Mas antes, Heimdall tinha que assegurar que eles ao menos tivessem alguma chance.

– Juntar fileiras! – ele berrou, mandando a vanguarda e a retaguarda aglomerarem no meio, dando o máximo de distância possível entre os asgardianos e seus agressores.

Fenris soltou um rosnado alto e abriu sua boca. Saliva escorria até o chão da ponte em gotas enormes e opacas. Ele estava com fome. Queria comer.

Fenris começou a correr.

Do outro lado da ponte, os mortos-vivos, liderados por Skurge, correram para a retaguarda do grupo, armas em riste.

– Lute, povo de Asgard! – bradou Heimdall, e a multidão vibrou enquanto esperava o embate inevitável.

Conforme o lobo se aproximava, Heimdall escutou o som de metais se encontrando na retaguarda. Os guerreiros mortos-vivos já atacavam os refugiados. Mas esses últimos estavam resistindo. Havia gritos, não das criaturas de Hela, mas sim dos asgardianos. Heimdall, preparando-se para o conflito iminente com o lobo Fenris, não tinha como fazer nada. Ele ouviu pessoas caindo da ponte, rumo às águas gélidas abaixo.

E então surgiu um som de tiros.

Heimdall ergueu o olhar e ficou surpreso ao ver uma nave de aparência desconhecida cortando o céu. De dentro da nave, uma arma atirava na direção da ponte, deixando Fenris e os mortos-vivos sob fogo de supressão.

Ele olhou para a cabine de pilotagem da nave para descobrir quem viera ajudar o povo asgardiano nesse momento crucial. O piloto estava nervoso, inseguro em relação ao manuseio daqueles controles que desconhecia, mas Heimdall podia jurar tê-lo visto antes. Em Midgard. Sim, era um dos companheiros de Thor. O de nome Banner. Então *era* mesmo Banner a presença que Heimdall havia sentido durante suas conversas com Thor; seus sentidos não lhe desapontaram.

Seu coração ganhou ânimo. Ele sabia quem era Banner e que, dentro dele, havia o bruto furioso chamado de Hulk. Se Banner pudesse ao menos evocar o monstro verde e mastodôntico naquele momento, eles talvez tivessem chance!

A nave continuou a disparar e, por um momento, os mortos-vivos recuaram, incapazes de se defender do ataque aéreo. Heimdall olhou para o interior da nave para ver quem realizava os disparos.

Ele ficou atordoado com o que viu.

Era uma das Valquírias.

Era inconfundível. Ela vestia a armadura tradicional da mais alta elite guerreira de Asgard, e as tatuagens no seu braço eram a assinatura das combatentes mulheres. Heimdall achava que todas elas haviam morrido, eliminadas em uma batalha contra Hela havia muitos anos.

Era possível que uma delas tivesse sobrevivido ao conflito, para então voltar a Asgard no momento mais desesperador, contra a mesma agente que havia levado as Valquírias a uma queda tão dura tanto tempo atrás?

Novamente, a arma disparou, e os mortos-vivos receberam a maioria dos tiros. Os asgardianos na ponte estavam em minoria, mas ainda assim enfrentavam os inimigos.

Heimdall olhou novamente para a nave e viu Banner sair apressadamente do assento de pilotagem. O homem se lançou para a ponte abaixo dele. "Certamente ele morrerá!", pensou Heimdall.

Quando foi Banner que caiu na ponte, de cara, sem dar sinais de que seu alter ego despertaria, Heimdall perdeu o ânimo.

Heimdall avançou correndo com a espada em mãos enquanto Fenris corria até o corpo caído de Banner. Foi só no instante seguinte que Heimdall ouviu outro rosnado gutural. Só que dessa vez, ele não havia vindo do lobo.

Vinha de Banner.

Diante dos olhos de Heimdall, Banner se transformou. A massa do cientista esguio explodiu; ele ficou maior e mais alto conforme os músculos envolviam todo o seu corpo, que adquiria um tom profundamente esmeralda. Onde antes havia um homem, agora havia um monstro.

E esse monstro estava furioso.

Ele saltou para cima, fazendo um arco no ar, e pousou bem em cima do lobo Fenris. Hulk começou a socar descontroladamente, flagelando a fera com toda a sua força. Fenris deixou escapar um uivo de dor.

No alto, a nave continuava a atirar na ponte. Os asgardianos lutavam com bravura contra os guerreiros mortos-vivos, mas ainda sucumbiam diante deles. Alguns tombavam pelas beiradas da ponte, ao passo que outros desmoronavam no chão, derrotados sem sair do lugar.

Foi nesse momento que Heimdall percebeu duas coisas:

Em primeiro lugar, ele não via mais Skurge. O carrasco escolhido por Hela não estava mais liderando os mortos-vivos. De algum modo, Skurge conseguira desaparecer em meio aos asgardianos que lutavam contra seus assediadores.

Em segundo lugar, outra nave aparecera ao lado da ponte. Muito maior do que a nave pequena com a qual a Valquíria ajudava os asgardianos. Ela era maior que o observatório, e maior que a ponte também. Parecia grande o suficiente para...

"Para abrigar todos", Heimdall pensou, maravilhado.

A porta da nave se abriu deslizando e revelou criaturas a bordo que Heimdall não reconhecia. Havia um ser enorme e desajeitado que parecia ser feito de alguma forma de rocha viva. Havia outros atrás dele, todo tipo de forma alienígena que Heimdall jamais havia visto antes.

– E aí, camarada – o ser de pedra disse a Heimdall. – Eu sou o Korg. A gente vai fugir daqui. Quer vir junto?

Heimdall fitou a pedra falante, incapaz de acreditar na boa sorte. O jogo estava virando.

Então, viu alguém emergir por detrás de Korg, alguém que era bastante familiar a Heimdall.

– Seu salvador está aqui! – gritou Loki.

CAPÍTULO 14

Heimdall estava arrebatado.
Podia ver e ouvir quase tudo ao mesmo tempo.
Hulk atacando Fenris com uma fúria selvagem, acertando seus punhos verdes enormes na pele do lobo feroz.

A rocha viva chamada Korg e os novos recém-chegados, navegando no mar de asgardianos e enfrentando os mortos-vivos de Hela. Asgardianos lutavam ao lado deles, ao passo que outros subiam na nave imensa que pairava ao lado da ponte.

A Valquíria sem nome, juntando-se à luta, aplicando toda a sua força e perícia.

E no meio de tudo isso, Heimdall ainda estava de olho em Thor, cuja batalha contra Hela no palácio soava como o próprio fim do mundo. O Filho de Odin dava tudo de si. Mas Heimdall temia que mesmo ele não tivesse a força necessária para deter Hela.

Seus temores se confirmaram quando ele ouviu um berro à distância. Ele reconheceu a voz de imediato: Thor. Olhando com mais afinco, Heimdall enxergou o motivo: Thor agora não tinha mais o olho direito.

– Vamos! Vamos! – Heimdall gritou para os asgardianos, de volta à luta. – Subam na nave! Depressa!

*

As pessoas caíam pelas beiradas da ponte até mesmo enquanto tentavam embarcar na nave. Eram pessoas demais tentando andar rápido demais, tudo de uma vez só.

Finalmente, o embarque estava quase concluído; só restavam alguns poucos asgardianos na ponte.

Os guerreiros mortos-vivos agora avançavam para cima da nave, tentando impedir que ela fugisse. Heimdall, junto a Korg e os outros alienígenas, fazia um esforço impossível para repelir os inimigos ao redor. Até então, estava funcionando, mas eles não conseguiriam conter seu avanço por muito tempo.

A luta estava tão ardente que quase passou despercebido a Heimdall que Hulk tinha levado a luta com o lobo Fenris para fora da ponte, batendo na água abaixo. Hulk acabara de jogar o lobo pela beirada do mundo.

"Ele... acabou de destruir a fera com as próprias mãos?", Heimdall pensou com espanto. Uma olhada em direção a Hulk e Heimdall não estava mais supreso.

Heimdall olhou para trás e viu que alguns dos mortos-vivos conseguiram passar por ele. Eles estavam escalando a rampa da nave, tentando embarcar. Se mesmo uma só criatura entrasse na nave, haveria caos e morte.

De repente, Heimdall ouviu tiros.

Ele se virou e se deparou com Skurge, dentro da nave, abrindo fogo contra os mortos-vivos com duas armas, derrubando os guerreiros ao lado dos quais ele lutara há pouco. Skurge saltou da nave, lutando contra as forças de Hela, eliminando o máximo de inimigos que conseguia. Foi exatamente como Odin, ou a voz na forma de Odin em sua cabeça, dissera: parte de Skurge sempre soube o que era certo.

Um trovão ecoou conforme um relâmpago cortava o céu, acertando o palácio. Foi nesse momento que Heimdall viu Thor e Hela, ainda em um embate de vida ou morte, caírem do palácio e atingirem a ponte.

Hela estava furiosa, com sua ira alimentando ainda mais seu poder. Heimdall viu Thor defender sua posição, mas por pouco. Seria necessário mais do que o poder que o deus do trovão tinha dentro de si para deter Hela. E se não a detivessem ali, naquele momento, os asgardianos e todos os Nove Reinos jamais estariam a salvo dela.

Houve um breve período antes de a luta recomeçar, e Heimdall escutou enquanto Thor se reunia com Loki, Hulk e a Valquíria. Ele ouviu Thor mencionar o Ragnarok e que ele havia se dado conta de que os asgardianos não deveriam tentar impedir que o Ragnarok ocorresse... deveriam permitir que ele ocorresse, naquele exato momento.

Heimdall não conseguiu acreditar no que ouviu. O Ragnarok destruiria Asgard para sempre.

Com a vinda do Ragnarok, Surtur, ressuscitado, destruiria o reino de Asgard inteiro, junto com os asgardianos que nele moravam. Mas se os asgardianos estivessem refugiados a bordo da nave... e apenas Hela estivesse lá... então ela seria a única a morrer.

Sacrificar a terra para salvar o povo.

A ponte ameaçou desmoronar. Hela avançava enquanto Thor e Valquíria usavam todas as suas forças para mantê-la ocupada e distraída. Heimdall, envolvido em seu próprio combate, não pôde fazer nada além de assistir quando Skurge foi vencido pela desvantagem numérica. Ele havia finalmente desafiado Hela – apenas por um momento brevíssimo. Mas seu sacrifício não havia sido em vão. Ele impediu que as criaturas embarcassem na nave.

Heimdall pôde ver que Loki havia se esgueirado para dentro do palácio e estava dentro do cofre de Odin. Ele tinha em mãos a Coroa do Fogo Negro. Ele assistiu ao filho adotivo de Odin colocar com cuidado a coroa na Chama Eterna.

Os dados estavam lançados. Não havia como voltar atrás.

O chão tremeu, a ponte começou a ruir e os olhos de Heimdall se arregalaram quando ele viu a alma do próprio Surtur, o demônio de fogo, voltar à vida sob a Coroa do Fogo Negro, que agora repousava em sua cabeça.

Surtur aumentou de tamanho, emergindo de onde estava em forma de gigante.

O Ragnarok havia enfim chegado a Asgard.

Enquanto contemplava a forma colossal de Surtur aproximar-se da ponte, Heimdall podia jurar ter visto uma borboleta.

CAPÍTULO 15

Pouco tempo depois, Heimdall se pôs ao lado de Thor, contemplando um dos portais da nave que dava para a escuridão do espaço.

Fazia mais ou menos uma hora que tudo aquilo havia acontecido. Da segurança da nave, Heimdall, Thor e os demais sobreviventes assistiram em um silêncio tenso ao embate entre Surtur e Hela. Conforme os dois lutavam um contra o outro, Asgard queimava.

O confronto entre o demônio de fogo e a deusa da morte consumiu tudo.

Enquanto os asgardianos assistiam, Hela aparentemente morreu na batalha contra Surtur. Ela não seria mais um perigo para o povo de Asgard.

Os asgardianos sobreviveram à ameaça de Hela. Um milagre ainda maior: eles sobreviveram ao próprio Ragnarok.

Heimdall não conseguia acreditar na sorte deles.

Sua voz começou lenta, incerta:

– Asgard é um povo, não um lugar – disse.

Thor se virou para olhar para Heimdall com o olho que ainda tinha. O outro lado estava coberto com um tapa-olho, muito parecido com o que o pai dele usava.

Embora o reino físico de Asgard tivesse sido destruído, seu povo estava intacto. E se o povo estava intacto, então qualquer lugar que chamassem de lar poderia ser Asgard. O povo era a cidade, a ponte, o reino, o palácio. A cultura sobreviveria.

Thor aquiesceu com a cabeça, depois se virou para esquerda para voltar a fitar o espaço.

"Ele está tão parecido com o pai", Heimdall pensou. Não era só o tapa-olho, embora esse fosse um motivo óbvio para a comparação. A aura que projetava, a forma com a qual se portava, o semblante preocupado no rosto... Tudo fazia Heimdall lembrar-se de Odin.

– Perdemos muitos dos nossos – Heimdall observou. Havia muito pesar em sua voz.

– Ninguém teria sido capaz de fazer mais – disse Thor, colocando uma mão nos ombros de Heimdall. – Meu pai teria ficado orgulhoso de você.

Houve um momento de silêncio enquanto os dois olhavam para o vazio profundo e escuro do espaço.

– Ele ficou muito orgulhoso de ti – Heimdall respondeu.

*

Enquanto Heimdall percorria o corredor principal que se estendia pelo comprimento da nave, ele se perguntou se deveria ter contado a Thor sobre as conversas que tivera com o pai dele. Será que Thor acharia que ele estava louco? O Filho de Odin lhe assegurou que não era o caso, mas Heimdall não conseguia desvencilhar-se dessa sensação.

– Heimdall!

O guardião reconheceu a voz e ficou feliz ao ver a jovem garota da ponte correndo em direção a ele. Ele não teve como conter o sorriso sincero que preencheu seu rosto.

– Jovem dama – Heimdall curvou-se com esplendor. – Estás bem? E tua família?

– Estamos bem. Essa nave é tão espaçosa; é enorme. Ouvi Korg dizer que ela pertencia a alguém chamado de o Grão-Mestre. O senhor sabe quem é ele?

– Não sei. Talvez algum dia tenhamos que pedir a Korg o prazer de sua companhia para que ele nos conte suas histórias.

Os olhos da garota se iluminaram:

– O senhor está falando sério?

– É claro – ele disse. – Estás entre os asgardianos mais corajosos que já conheci. É o mínimo que posso fazer para retribuir-te por teu serviço incrível a Asgard.

– Agora é melhor eu voltar pra minha família – ela disse, empolgada. – Depois procuro o senhor!

– Deves me encontrar com facilidade – disse Heimdall. É possível que houvesse um traço mínimo de riso em sua voz.

*

– Posso explicar tudo, Heimdall – disse Loki, com as costas na parede do corredor.

Heimdall não sabia ao certo o que estava acontecendo. Ele havia acabado de virar o corredor e ver Loki mais adiante. No momento em que os olhos de Loki encontraram os de Heimdall, ele se jogou na parede e começou a falar.

– Você parece tão bravo – Loki continuou. Depois, deteve-se. – Se bem que você sempre parece muito bravo. É a sua expressão padrão, não é?

– Boa noite, Filho de Odin – respondeu Heimdall, em um tom neutro, sem emoção.

– *Aaah*, está vendo? Consigo ouvir na sua voz – disse Loki. – Ainda está aborrecido com a história do banimento.

– Sequer pensava nisso – ele disse, e não era mentira. Depois de tudo pelo que havia passado, de tudo pelo que o povo de Asgard havia passado, a mentira e traição de Loki parecia algo que ocorrera havia uma eternidade.

– Não acredito em você – disse Loki, cujo rosto era uma máscara de sinceridade. – Você tem que estar com raiva de mim. Tem que estar.

– Mas não estou – Heimdall respondeu.

– Eu estaria – insistiu Loki. – Estaria furioso.

– Tu és quem tu és, e eu sou… diferente de ti.

Loki pensou naquilo por alguns segundos, ergueu as sobrancelhas, depois sorriu.

– Sem ressentimentos, então? – ele perguntou, estendendo a mão para Heimdall.

Heimdall olhou para a mão oferecida, achando um pouco de graça.

– Não abuses da sorte – disse, com franqueza, depois voltou a caminhar pelo corredor.

CAPÍTULO 16

Os asgardianos tinham um problema. Thor sabia, Loki sabia e Heimdall sabia.

Todos a bordo da nave do Grão-Mestre sabiam.

Embora tivessem sobrevivido ao risco duplo de Hela e do Ragnarok, os asgardianos ainda estavam digerindo o fato de que o lar deles não existia mais.

Havia tantas pessoas, tantas delas apinhadas em um só lugar. Eles não podiam morar na nave, cruzando o espaço para sempre; nem sequer desejavam isso.

E não tinham rei.

Embora não pudessem fazer nada em relação à busca por um novo lar no momento, havia algo que podiam fazer em relação à falta de uma liderança real. Foi assim que os asgardianos decidiram que Thor deveria assumir seu posto por direito como herdeiro do trono e ser coroado rei de Asgard. E embora o trono tivesse sido destruído junto com todo o reino, Heimdall sabia que qualquer assento no qual Thor se sentasse seria satisfatório.

No fundo de seu coração, Heimdall sabia que era a decisão certa. Ele sabia ao ver os rostos da população em toda a nave que nomear um novo rei de Asgard lhes daria fé, esperança e a vontade de seguir em frente. Isso se provaria crucial nos dias, semanas e meses que se seguiriam. Não seria fácil estabelecer um novo lar.

"E agora", pensou Heimdall, "o que *eu* farei?".

Em seus aposentos pequenos, Heimdall refletia sobre o estado atual de sua vida. Pela primeira vez desde que se lembrava, ele não era mais o protetor dos portões de Asgard, o guardião da Bifrost. Ele não era mais nem um fugitivo do reino. Ele estava tão acostumado com seus deveres, em empregar seus poderes extrassensoriais para defender o reino, que agora se via um tanto sem rumo.

Quem ele era? Qual seria sua nova função? Qual seria a melhor forma de servir ao novo rei de Asgard?

Heimdall não sabia ao certo. Sem sua missão de proteger o reino, sem esse enfoque, ele agora sentia que seus sentidos vagueavam. Ouvia trechos de conversas vindo de todas as partes da nave, via as pessoas andando por aí, sempre em movimento. Era informação demais. Ele precisava de um ponto focal.

Heimdall se sentou no chão com as pernas em posição de lótus. Ele inspirou devagar, segurou a respiração por alguns segundos, depois expirou. Respirou fundo de novo, segurou, depois soltou o ar. Fechou os olhos. E centrou sua visão para além da nave, para as estrelas.

Estava escuro. Quieto. Não havia som no vazio do espaço, e Heimdall se maravilhou com o silêncio. Após eras e eras na linha de frente, Heimdall sempre se perguntou como era o som de um silêncio verdadeiro.

O som era um grande nada. Ele adorou.

HOMEM DE FERRO
PARTE TRÊS

CAPÍTULO 6

— Espera, você tá falando sério? Tentou mesmo pegar o martelo?

Tony parou tudo o que fazia e virou todo o corpo.

— Tentei, e não finja que você não teria tentado, se tivesse a oportunidade.

Happy ergueu as mãos, deixando as palmas abertas.

— Tá bom, tá bom! Eu só queria estar lá para ver, só isso. Deve ter sido interessante.

— Não tinha muito o que ver. Foi só um monte de grunhidos seguidos por fadiga muscular. – Houve um momento de silêncio. E depois: – Preciso de você, Happy – Tony disse. Não havia mais traços de humor e leveza em sua voz. – Entre em contato com todos que puder. Eles precisam estar prontos para agir a qualquer momento. Não conseguirei fazer isso sozinho.

— Pode deixar, pode deixar – Happy respondeu, tranquilizando-o. – É um mundo esquisito, e só está ficando cada vez mais esquisito.

— Um mundo repleto de super-heróis?

— Não, digo... um mundo repleto de todo o resto. Loki, os chitauris, Ultron, e seja lá o que ou quem você diz estar à espreita universo afora, esperando para esmagar a gente. Além disso, quem sabe o que mais existe, coisas que mal temos como imaginar?

Tony olhou nos olhos de Happy.

— Eu pensei nisso – disse, devagar. – Quando enfrentamos Loki na Batalha de Nova York. Os asgardianos usam tecnologias tão avançadas que parecem mágica pra nós. E quando digo "nós", quero dizer "você" – disse, dando um tapinha no peito de Happy com o dorso da mão direita.

Happy fez uma cara de desagrado.

– É sério. O Cetro de Loki, o martelo de Thor, a Bifrost que Thor usa para ir e vir de Asgard... é como mágica – disse Tony, estalando os dedos. – Quando vi o Cetro abrir aquele portal no céu acima da Torre Stark, pensei... nem sei o que pensei.

– Talvez tenha ajudado você a entender como gente normal como eu se sente – Happy argumentou.

Tony aquiesceu.

– Eu sou gente normal – disse. – E sim. Se ao menos tivéssemos uma forma de acessar o mesmo nível de tecnologia, a capacidade de abrir esses portais... Poderíamos fazer mais do que nos prepararmos para nos defender, Happy. Poderíamos atacar primeiro. Levar a luta a eles, deixá-la longe da Terra. Evitar o dano colateral.

– Parece uma tremenda ambição – disse Happy.

Tony se virou para sair da oficina; Happy foi junto.

– Nós conhecemos pessoas tremendas.

CAPÍTULO 7

A caminhada a céu aberto deveria ter ajudado a desanuviar a mente de Tony. Em vez disso, ao voltar à sua área de trabalho, ele continuou repetindo para si mesmo a conversa com Happy.

Não havia como negar que Happy tinha razão. Novas ameaças vinham surgindo o tempo todo, ao redor do globo, nos lugares mais inesperados. Se os Vingadores quisessem ter alguma chance de deter todos eles, precisariam de mais diversidade entre seus membros... pelo menos precisavam conhecer alguém com especialização em situações estranhas.

Tecnologia. Magia.

O próprio conceito de magia era antitético a Tony. O modo como ele explicara Asgard a Happy era o modo como seu cérebro estava condicionado a pensar. Fundamentalmente, tudo podia ser resumido a tecnologia. E se era possível compreender, bem, não seria magia de verdade, ou seria?

Enquanto voltava a trabalhar em suas manoplas repulsoras, outro pensamento ocorreu a Tony. E se magia *existisse*? Magia de verdade? Mas se algo assim existisse de fato, então como a ciência se encaixaria na grande ordem do universo?

– Estou pensando demais nisso – ele disse.

Um segundo depois, o celular na mesa à frente dele começou a vibrar. Tony foi ver de quem era a chamada.

Pepper Potts.

Tony não saberia nem por onde começar a imaginar quem ele seria hoje se não fosse ela. Parecia que Pepper estava com Tony desde sempre. Ela começou a carreira nas Indústrias Stark como a assistente pessoal de Tony. Ficou bem claro que ela era uma das pessoas mais competentes que ele já havia conhecido. Quando chegou a hora de Tony afastar-se de seus afazeres diários, Pepper virou a diretora executiva das Indústrias Stark.

Resumindo, ela era a chefe.

Tony apertou um botão e atendeu à chamada.

– Pepper, eu posso explicar – ele disse. – Não é o que você pensa.

– Você está atrasado – disse Pepper, ignorando a conversa mole de Tony. – Estou com a repórter aqui. Lembra? A entrevista?

– A entrevista – Tony disse enquanto olhava para o alto, pensando. – Era hoje? Eu achava que era... algum outro dia.

– É hoje – ela disse. – Então ponha uma gravata e venha à recepção. Para lembrar as pessoas da boa e velha magia dos Stark.

Tony colocou o telefone de volta à mesa. Ativando uma interface, ele fez a tela flutuar, bem diante de seus olhos. Deslizando a mão pelo ar, ele abriu os arquivos de dados dos Vingadores. Tony olhou para a tela, absorto em reflexão.

– Tecnologia. Magia. Magia. Tecnologia. – Tony repetia baixo. – Vamos precisar das duas coisas.

DOUTOR ESTRANHO
LIVRO TRÊS

CAPÍTULO 1

***O**UTONO EM NOVA YORK. DIFERENTE DE QUALQUER OUTRO LUGAR NA TERRA.*
   É quase perfeito. A neblina quente e úmida do verão enfim dissipada. Em seu lugar, uma brisa fria e seca sopra, um lembrete gentil da mudança de estações.
Não é tão diferente de mágica.

   Wong amassou o papel e o jogou na cesta de lixo a seus pés.
   – "Não é tão diferente de mágica" – murmurou, zombando das palavras que acabara de escrever. – Essa foi péssima.
   Com um suspiro profundo e pesado, Wong apontou o lápis que tinha na mão direita. O apontador elétrico fez seu trabalho e Wong inalou o odor familiar e relaxante de grafite. Na era digital e de tablets, Wong ainda preferia escrever no papel com um lápis. Gostava da sensação.
   Colocando a ponta do lápis com delicadeza no papel, Wong tentou de novo. Ele havia decidido que devia registrar os eventos do ano anterior. Escrever era algo que Wong adorava fazer. Fazia com que ele se sentisse mais próximo dos livros que ele guardava com tanta reverência na velha e desgastada biblioteca de Kamar-Taj. Mas naquele dia as palavras não saíam. Wong estava protelando, e sabia bem disso. Escrevendo *sobre* Nova York, não sobre o *porquê* de ele estar *em* Nova York.
   Ele estava em busca das palavras certas para descrever esse porquê.

Mas como ele poderia descrever um sujeito como o doutor Stephen Strange?

Wong voltou a fixar os olhos na folha em branco, depois voltou o olhar lentamente para o teto, como se as palavras que procurava estivessem escritas nele. Sua mente vagueou.

Então, as palavras lhe ocorreram.

Ele era arrogante, Wong escreveu.

Aos poucos, um sorriso começou a se formar nos cantos de sua boca.

– Você não vai ficar enfurnado nessa sala abarrotada escrevendo o dia todo, vai, Wong? – disse uma voz vinda do andar de baixo. A bem da verdade, havia uma preocupação sincera na voz. Mas também havia um tom inconfundível com o qual Wong vinha aos poucos, e com relutância, acostumando-se.

"Ele está zombando de mim", pensou Wong. "De novo."

Wong com o tempo aprendeu que o suposto senso de humor era uma das marcas registradas da personalidade de Stephen Strange.

Strange havia virado o mestre do Sanctum Sanctorum fazia pouco tempo. Após a morte da Anciã, o dever de proteger a Terra de forças mágicas ou sobrenaturais recaiu sobre os ombros dos Mestres. Wong estava ali ao lado de Strange, ajudando no que podia. O Sanctum em Londres havia ruído durante a batalha homérica contra Kaecilius e seus seguidores. O segundo Sanctum, em Hong Kong, também foi quase destruído durante esse embate. Foi apenas graças a Strange, usando a relíquia conhecida como o Olho de Agamotto, que o dia foi salvo. Depois disso, os dois passaram a morar no Sanctum Sanctorum, no Greenwich Village, o terceiro e último Sanctum.

Morar no Sanctum Sanctorum, na cidade de Nova York, exigia certa adaptação.

– Você parece alguém que precisa de uma pausa – disse Stephen Strange, colocando-se na entrada do escritório de Wong. – Você está aí faz horas.

– Faz quinze minutos – disse Wong, apontando para o relógio na parede.

Strange ergueu as sobrancelhas.

– Tempo nunca foi o meu forte.

– Não – disse Wong, sem tirar os olhos da escrivaninha. – Só a manipulação dele.

Strange virou a cabeça de leve, com um sorrisinho.

– Isso foi uma piada? Você fez uma piada?

– Foi uma observação – Wong respondeu. – E está correta. – Ele colocou o lápis sobre o papel derrotado, percebendo, por experiência, que Strange provavelmente não iria embora. O sujeito estava no vão da porta, com uma bandeja em mãos. Nela, havia uma chaleira e duas xícaras de porcelana. Suas mãos tremiam, e a bandeja tremia junto.

– Achei que um pouco de chá faria bem – disse Strange, fazendo um gesto de oferenda com a bandeja.

"Você é um sujeito misterioso. É *sem dúvida* arrogante, mas também é gentil e generoso."

– Obrigado – disse Wong.

Strange entrou no cômodo e colocou o jogo de chá na mesa de Wong.

– Então, em uma escala de zero a dez – Strange começou a dizer – *o quanto* eu sou arrogante?

CAPÍTULO 2

Independente do lugar na escala, quando Wong viu o doutor Stephen Strange pela primeira vez, a arrogância do homem era imensurável. Verdade seja dita, pode-se afirmar que Strange tinha bons motivos para justificar sua arrogância: até alguns meses antes de sua longa estadia no Nepal, ele desfrutava de uma carreira brilhante como neurocirurgião.

Mas isso tinha sido antes do acidente.

Enquanto dirigia seu carro em uma estrada montanhosa distante durante uma noite chuvosa, o veículo de Strange bateu em outro e voou por sobre uma barragem. Surpreendentemente, ele sobreviveu, mas o acidente causou lesões tão graves nos nervos de suas mãos que ele não conseguia sequer segurar um bisturi, muito menos realizar a dança intrincada e cheia de nuances necessária para se salvar vidas.

Se ele não era um cirurgião, quem ele era?

O sujeito gastava todo o seu tempo e quase todo o seu dinheiro em busca de uma cura que não existia. Então, um dia, ele ouviu falar de um lugar. Um lugar onde, talvez, uma cura fosse possível.

O nome do lugar era Kamar-Taj. Strange foi de Nova York até o Nepal em busca de seu milagre moderno.

Foi Mordo quem trouxe Strange ao humilde local. Ele também era um discípulo da Anciã. Ele havia ido ao Kamar-Taj em busca de conhecimento, em busca de... algo. Wong já era residente do Kamar-Taj quando Mordo chegou. Os dois cultivaram uma relação amistosa, mas Wong nunca teve certeza de que eles eram amigos, propriamente dito.

Mordo disse a Wong que ele havia descoberto Strange nas ruas, perguntando a todos que via se já tinham ouvido falar do Kamar-Taj e se sabiam onde encontrá-lo. Wong não perguntou o que em Strange motivou Mordo a trazer o homem ao mundo tão particular deles.

Para dentro dos muros, para conhecer a Anciã.

Dizer que Strange foi desrespeitoso na sua primeira visita seria dizer pouco. Ele era um sujeito que só acreditava no que podia ver, ouvir, tocar, degustar ou cheirar. A ideia de que havia algo além do que seus sentidos podiam captar ia além de sua compreensão da realidade.

Algum tempo passou, e Wong havia visto Strange ali dentro por vários dias. Eles ainda não tinham tido nenhuma interação de fato. Tudo isso mudou na noite em que Strange adentrou a biblioteca superior. Esse era o domínio de Wong. Como bibliotecário, Wong cuidava dos aparentemente infinitos livros que preenchiam as estantes. Era um dever solene, que ele não tratava com leveza nem desvalorizava.

Wong tinha seus próprios motivos para ter ido ao Kamar-Taj. Entre eles, buscava conhecimento, compreensão e paz. Ele era um intelectual com corpo de um bruto, julgado por sua aparência, forçado a usar sua força física. No Kamar-Taj, ele era livre para desenvolver sua mente. O Kamar-Taj era a libertação para Wong, que então lia o máximo que podia.

– Sr. Strange – Wong dissera quando o homem alto e de aparência desarrumada surgiu em sua biblioteca, entregando vários tomos ao bibliotecário.

– Me chame de Stephen, por favor – Strange dissera. – E você é...

– Wong.

Strange olhou para o bibliotecário de compleição musculosa por um momento, depois suspirou.

– Wong. Só Wong?

Wong encarou Strange, só o suficiente para causar desconforto, sem dizer nada. Wong não tinha tempo nem predisposição para trocar provocações com "o novato". Ele voltou sua atenção para os livros que Strange devolvera. Havia algo... atípico. Ele olhou bem para os títulos que Strange tinha lido.

– *O Livro do Sol Invisível* – disse Wong. – *Astronomia Nova*. O *Codex Imperium*. *A Chave de Salomão*.

Wong alternou olhares entre os livros e Strange. Ele notou que o sujeito vestia cinza. Cinza, a cor de um iniciante. E, no entanto, como um iniciante poderia ter concluído aqueles tomos avançados?

– Terminou todos esses? – Wong perguntou.

– Sim – Strange admitiu.

– Venha comigo.

Wong gesticulou para que Strange o acompanhasse pela biblioteca fria e mal-iluminada, cujos únicos sons eram os passos dos dois. Eles desceram uma escadaria de pedra, ao fim da qual mais tomos antigos os aguardavam. O cômodo era escuro e frio. Os livros tinham centenas, talvez até milhares de anos.

– Essa seção é somente para Mestres – Wong explicou. – Mas, de acordo com meu juízo, outros podem usá-la. – Com isso, ele pegou um livro que parecia extremamente pesado, com uma capa de couro surrado, e entregou a Strange. – Recomendo começar com a *Cartilha de Maxim*.

Strange contemplou o livro em silêncio, até que Wong perguntou:

– Seu sânscrito é bom?

– Sou fluente em Google Tradutor – Strange respondeu, em tom indiferente.

Wong ignorou Strange. E colocou mais livros em cima do primeiro.

– Sânscrito védico e clássico – disse, com brevidade, sabendo que Strange precisaria desses livros antes, para aprender as línguas antigas, antes de encarar a *Cartilha de Maxim*.

– O que são aqueles? – Strange perguntou, apontando para um conjunto de estantes guardadas por um portão trancado.

– A coleção privada da Anciã – disse Wong.

– Então são proibidos?

A resposta de Wong foi vaga.

– Não há conhecimento proibido em Kamar-Taj. Só determinadas práticas.

Strange pegou um livro especialmente ornado que era a definição de "determinadas práticas". Ele folheou o livro rapidamente, notando quase que de imediato que algumas páginas do tomo haviam sido arrancadas.

– Esse tem páginas faltando – Strange declarou.

– *O Livro de Cagliostro* – disse Wong. Ele então contou a Strange a história de Kaecilius, um fanático que havia roubado as páginas do bibliotecário anterior. Antes de remover a cabeça do bibliotecário em questão.

Strange ficou quieto, o que era atípico para ele.

– Agora, eu sou o guardião desses livros – Wong disse, olhando ao redor. – Portanto, se algum volume dessa coleção for roubado novamente, eu saberia, e você estaria morto antes mesmo de sair daqui.

– E se eu... atrasar a devolução? – Strange perguntou, tentando aliviar o clima. – Alguma multa da qual eu deva estar ciente? Amputação, talvez?

Wong permaneceu em silêncio.

– Sabe, as pessoas antes me achavam engraçado – Strange comentou, rompendo o silêncio.

– Elas trabalhavam para você? – Wong respondeu, sem titubear.

Wong nunca esqueceu as palavras de Strange ao encerrar a primeira interação entre eles:

– Obrigado pelos livros. E pela história aterrorizante. E pela ameaça à minha vida.

CAPÍTULO 3

—Você parece desconfiado, Wong – Strange disse enquanto tomava outro gole modesto de sua xícara.

Wong percebeu que ele estava encarando Strange enquanto segurava a xícara da qual ainda não havia bebido.

– Você trouxe chá – disse Wong, objetivamente.

Strange concordou com a cabeça.

– Trouxe – ele respondeu. – Você não deixa nada passar batido, né?

– Você nunca traz chá.

Os dois se sentaram no escritório de Wong, a cerca de um metro um do outro. Strange claramente esperava que Wong dissesse algo. Qualquer coisa. Havia virado quase um jogo entre os dois. Strange dizia algo para obter uma reação de Wong. Wong se recusava a participar da brincadeira.

– Sabe, se você quiser saber por que eu trouxe o chá, é só perguntar – Strange prosseguiu. – Eu contaria com prazer.

Mais uma vez, Wong não disse nada.

– Eu só quero ver o que você está escrevendo a meu respeito, tá? É a meu respeito, não é? – As palavras pareciam jorrar da boca de Strange, como se ele não conseguisse mais se conter. – Estou curioso! Você se enclausura aqui por dias a fio…

– Quinze minutos – Wong voltou a corrigir. Ele olhou o relógio de pêndulo que ficava no lado esquerdo do cômodo. – Na verdade, agora são dezessete.

Strange fez um gesto de pouco caso para essa diferenciação.

– Que seja, minutos a fio. – Ele continuou: – Dizendo que cabe a você atualizar os anais da história da magia ou coisa do tipo, e não consigo deixar de achar que o que você está fazendo de fato é escrever algum tipo de biografia não autorizada minha.

Incapaz de conter-se, Wong soltou um riso vigoroso, em *staccato*.

Isso pareceu assustar Strange, que não estava acostumado a ouvir sons assim de Wong.

– Isso... O que foi isso? – Strange perguntou. – Pareceu... uma risada.

– E era.

Strange se arrepiou.

– Credo. Que não se repita.

Wong suspirou. Ele concluiu que era melhor tentar explicar seu objetivo a Strange, senão teria que lidar diariamente com um interrogatório na hora do chá.

– Você agora é um mestre das Artes Místicas – disse Wong. – Muito aconteceu entre a primeira vez que você pôs os pés no Kamar-Taj e hoje. Isso deve ser registrado. Haverá mais mestres das Artes Místicas no futuro. E mais depois desses. E assim por diante. Eles precisam conhecer o passado, assim como você o aprendeu com a Anciã.

– Haverá mais no futuro? – Strange perguntou, hesitante. – Você sabe de algo que eu não sei? Eu vou ser rebaixado?

Wong finalmente tomou um gole de seu chá, contendo a bebida quente na boca. Ele engoliu, depois olhou para Strange. Inclinando a cabeça, depois acenando com ela, disse:

– Está muito bom o chá.

CAPÍTULO 4

—Você está fazendo aquilo de novo.
 Wong tirou os olhos de sua xícara e encarou os olhos de Strange.
– Sinto que tem mel – observou.
– Como era em casa – Strange complementou.

O chá fazia Wong lembrar-se da Anciã. Ela adorava chá, fervendo de tão quente e sempre com um pouquinho de mel. Wong riu quando ouviu a história de quando Strange falou pela primeira vez com a Anciã, uma conversa crucial que também ocorrera enquanto se tomava chá.

Porém, a sequência de eventos naquele caso era um tanto diferente.

Mordo levara Strange a um salão de teto abobadado, um cômodo com colunas de pedras grandes enfileiradas. Ali, Strange conheceu a Anciã. Ela fez companhia para o recém-chegado por um tempo, ambos sentados, tomando chá. Ficou claro, Mordo contou depois, que Strange não acreditava em nada do que ela dizia.

Ela contou a ele do Multiverso, de como a realidade deste mundo era só uma de infinitas realidades. Strange zombou da ideia e achou que a Anciã fosse uma charlatã. Uma fraude.

E não hesitou em contar isso a ela.

Em resposta, a Anciã se aproximou de Strange e, com a palma da mão, empurrou-o. Mas não foi Strange que foi empurrado. Foi sua forma astral. Ela a empurrou para fora do corpo dele.

Wong gostaria de ter estado lá para ter visto acontecer. O momento exato, preciso, no qual Strange deu um passo metafísico para dentro de um mundo maior. Também, ele pensava, teria sido bem divertido ver a Anciã empurrando Strange.

No momento seguinte, a Anciã fez um aceno de mão, e a forma astral de Strange voltou ao corpo. Inicialmente, Strange achou ter sido dopado – talvez por algo no chá. Foram necessárias mais demonstrações da Anciã, mas, depois de um tempo, Strange compreendeu que ele, de fato, *não* sabia tudo o que havia para se saber e que talvez houvesse alguma verdade no que a Anciã dizia.

CAPÍTULO 5

Wong voltou à folha de papel na mesa diante dele e novamente começou a tarefa de escrever. Pensou em Strange e em como ele havia aprendido tanto em tão pouco tempo enquanto estudava no Kamar-Taj. Embora não soubesse de nada do mundo da mágica quando chegou, Strange havia avançado de forma muito rápida sob a tutela da Anciã. Em particular, sua mente aguçada parecia absorver todo tipo de conhecimento arcano em uma velocidade que fascinava qualquer um.

Wong se lembrava do exato momento no qual ele e Mordo se depararam com Strange na biblioteca, sentado a uma mesa, lendo um livro. E não um livro qualquer. *O Livro de Cagliostro*. E ele não só lia o livro, mas também o usava junto a um artefato mágico: o Olho de Agamotto.

Nem ele nem Mordo conseguiam acreditar. Em todos os anos que haviam passado no Kamar-Taj, eles nunca haviam visto nada igual: Strange não só lia feitiços que era de se espantar ele ser capaz de ler, como também usava o Olho de Agamotto para manipular o tempo. O Olho, na verdade, era uma das Joias do Infinito – um objeto de poder imenso, tão velho quanto a própria galáxia.

O Olho havia ficado sob posse de Agamotto, o primeiro Feiticeiro Supremo. A história de como Agamotto o obtivera foi perdida. Mas o Olho permaneceu no Kamar-Taj por séculos, sem ser usado, até o dia em que Stephen Strange decidiu envolver-se.

– Sua curiosidade poderia tê-lo matado – Wong gritou, ao mesmo tempo preocupado e furioso. – Você não estava manipulando o contínuo espaço-tempo. Estava danificando-o! – Wong pegou o livro das mãos de Strange para colocá-lo em seu devido lugar. Após o tomo estar na prateleira, ele voltou a Strange, novamente enfurecido. – Nós não brincamos com as leis da natureza – disse, com a voz cada vez mais alta. – Nós as defendemos!

– Onde você sequer aprendeu a litania de feitiços necessários para compreendê-los? – Mordo acrescentou. Queria saber como Strange podia ter encontrado o conhecimento necessário para usar o Olho e os feitiços presentes n'*O Livro de Cagliostro*.

– Eu tenho memória fotográfica – foi a resposta de Strange. Ele parecia quase constrangido, um efeito raro, mas bem-vindo a seu semblante. – Foi assim que consegui obter minha licença médica e meu doutorado ao mesmo tempo.

Mordo reagiu incrédulo.

– O que você fez exige mais do que uma boa memória.

– Você nasceu para as artes místicas – Wong concluiu, dissipando parte da raiva.

– E, no entanto, minhas mãos ainda tremem – disse Strange, com um amargor inconfundível na voz.

Wong se deu conta de que o acidente que tirara de Strange suas habilidades de cirurgião parecia dominar cada pedacinho de seu ser. Essa perda impelia Strange e matizava tudo o que ele fizera ou dissera desde que havia chegado ao Kamar-Taj. Wong não deixava de ter compaixão por ele.

– Por ora, sim – Wong disse. Ele não estava acostumado a tentar alimentar esperanças.

– Mas não para sempre? – Strange quis saber, esperançoso.

Mordo não era tão paciente quanto Wong.

– Não somos profetas – ele respondeu, aborrecido.

Essa era a deixa que Strange precisava naquele momento.

– Quando vocês vão me contar o que somos? – Era uma pergunta simples, com uma resposta nada simples. Wong olhou para Mordo, e os dois pareciam ter percebido que Strange estava pronto para saber mais acerca de seu destino.

Com um leve toque de mão em um pedestal no Sanctum Narthex, Wong iluminou um mapa que reluzia no teto da biblioteca.

Era uma projeção mística da terra, com três cidades destacadas: Nova York, Londres e Hong Kong.

– Ao passo que heróis como os Vingadores protegem o mundo de perigos físicos – Wong começou –, nós, feiticeiros, oferecemos proteção contra ameaças mais místicas e metafísicas. A Anciã é a mais nova geração de uma longa linhagem de Feiticeiros Supremos, que tem milhares de anos desde que foi iniciada pelo pai das artes místicas, o poderoso Agamotto. O mesmo feiticeiro que criou o Olho que você pegou de forma tão displicente. Agamotto construiu três Sanctums de poder onde agora há grandes cidades.

Wong mostrou a Strange três portas com símbolos metálicos e adornados. Uma levava ao Sanctum de Hong Kong, outra a Nova York e a última ao Sanctum de Londres.

– Juntos – disse Wong –, os Sanctums criam um escudo protetor ao redor do mundo.

– Os Sanctums protegem o mundo, e nós, feiticeiros, protegemos os Sanctums – esclareceu Mordo.

Em seguida, veio a pergunta óbvia:

– Do quê? – disse Strange.

– Seres extradimensionais que ameaçam nosso universo – afirmou Wong.

– Como Dormammu – Strange sugeriu, com hesitação.

Mordo lançou um olhar gélido para ele.

– Onde ouviu esse nome?

– Acabei de lê-lo n'*O Livro de Cagliostro*. Por quê?

Wong ficou quieto, depois decidiu que era hora de Strange saber de tudo. Ele girou o pedestal, e todos os olhos foram para o teto.

– Dormammu reside na Dimensão Negra. Transcendendo o tempo – Wong explicou. – Ele é o conquistador cósmico. O destruidor de mundos. Uma entidade de poder infinito e desejo insaciável. E ele deseja a Terra mais do que tudo.

No teto, formas rodopiantes começaram a se abrir. Em questão de segundos, a Dimensão Negra avançou pelo teto, dando a todos no recinto um vislumbre do lugar sobrenatural.

Strange era um pupilo que aprendia incrivelmente rápido. Ainda assim, ele era apenas um sujeito que havia ido ao Kamar-Taj para restaurar suas mãos. Sem dúvida, envolver-se em uma guerra mística através das dimensões estava fora de sua alçada.

E, no entanto, Wong tinha a impressão de que Strange talvez fosse a pessoa certa para essa missão.

CAPÍTULO 6

Algumas horas haviam se passado desde que Strange saíra do Sanctum. Ele ainda não havia voltado. Wong continuava em sua escrivaninha. Deixando os papéis de lado, ele decidiu dar uma pausa no registro de eventos. Quem sabe ele até se aventurasse pelas ruas de Nova York, como Strange? Wong sempre parecia ter um motivo para não sair às ruas. Trabalho demais. Suas responsabilidades de bibliotecário no Kamar-Taj. Wong sabia que não passavam de desculpas.

Ao sair do cômodo pequeno que usava de escritório, Wong percorreu o corredor que terminava na escadaria principal. Descendo os degraus até o salão de entrada e a porta da frente, ele ficou surpreso a ver Stephen Strange ali parado, encarando o pé da escadaria, sozinho.

Wong olhou para Stephen Strange, sem dizer nada.

– Você deve estar se perguntando aonde eu fui – Strange disse.

– Não sabia que você tinha saído – Wong respondeu, sem emoção.

Strange começou a subir os degraus. Wong ficou no meio da escadaria, olhando, enquanto Strange passava por ele. O feiticeiro usava a Capa da Levitação. Ela pairava ao seu redor, sempre em movimento dos ombros aos pés. Seu colarinho pontudo envolvia seu rosto. Uma relíquia incrível, que permitia que Strange levitasse como e quando quisesse. Mas a capa também tinha mente própria. Ela essencialmente havia escolhido Strange para vesti-la. Ela o protegia. Até podia lutar para defendê-lo.

– Aonde foi? – Wong perguntou.

– Ah, *agora* você está curioso? – Strange disse, com um rastro de divertimento na voz. – Isso me parece familiar. Sabe, também já tive curiosidade uma vez.

Wong grunhiu. Ele sabia exatamente aonde isso ia levar.

– Eu fiquei curioso com uma coisa que um amigo meu escrevia. A meu respeito – disse Strange. – Pelo menos eu *achava* que fosse um amigo. Porque amigos contam coisas uns aos outros. Não guardam segredos.

Recusando-se a render-se à tática de Strange, Wong se virou e voltou a descer a escada.

– Espere! – Strange gritou do alto da escadaria. Wong parou, mas não se virou para olhar para ele. – *Quid pro quo*, meu caro – disse Strange. – Você me conta sobre o que anda escrevendo, e eu conto o que estou fazendo.

Sem pestanejar, Wong respondeu:

– *Você* conta primeiro. Depois, eu *penso* se conto sobre o que ando escrevendo.

Strange gesticulou com a mão e a Capa da Levitação saiu voando de seu corpo e entrou no corredor, em direção a seu local de repouso na Sala das Relíquias. A expressão no rosto de Strange era ávida.

– Negócio fechado – ele disse.

Wong seguiu Strange escadaria acima, e os dois percorreram o corredor largo até uma porta ao lado do escritório de Wong. Essa era a sala de estudos do próprio Strange.

Wong olhou ao redor e não pôde deixar de notar o contraste entre a sala de Strange e seu próprio escritório pequeno. Ao passo que a sala de Wong era modesta, a de Strange tinha uma lareira, uma área de estar com algumas cadeiras, um sofá e uma escrivaninha acompanhada de uma cadeira grande com encosto de couro.

Wong achava um pouco exagerado.

– Bem, achei melhor lhe contar – disse Strange. – A conta sempre chega, não é?

CAPÍTULO 7

"**A** conta sempre chega."
Wong lembrava bem das palavras. A primeira vez que as ouvira foi quando Mordo as disse.

Mordo havia ido ao Kamar-Taj anos antes de Strange. Ele também estudou sob a tutela da Anciã. Ele era um homem muito forte e corajoso; Wong viu ambas as qualidades em ação várias vezes. Mas algo em Mordo o preocupava. Havia uma rigidez em suas crenças. Ele era inflexível e acreditava em respostas absolutas.

Quando Kaecilius e seus fanáticos usaram um ritual proibido para abrir uma fenda dimensional, evocando Dormammu a este mundo, toda a esperança parecia perdida. Wong estava encarregado de proteger o Sanctum de Hong Kong, mas Wong – assim como o Sanctum – sucumbiu diante da força dos fanáticos e da invasora Dimensão Negra.

Foi nessas circunstâncias que Strange chegou com Mordo, testemunhando a destruição em Hong Kong. Usando o Olho de Agamotto, Strange fez o tempo voltar. A destruição de Hong Kong lentamente se desfez. O Sanctum se recompôs. E Wong, no processo, voltou à vida.

Em seguida, Strange confrontou o próprio Dormammu dentro da Dimensão Negra. Ele usou o Olho para criar um *looping* temporal, no qual ficaram presos ele próprio e Dormammu. Furioso, Dormammu atacou Strange, matando-o. Mas o poder do Olho era magnífico e o tempo se refez. O confronto recomeçou. Repetidas vezes, Strange confrontou Dormammu. Repetidas vezes, Dormammu matou Strange.

Frustrado, Dormammu enfim concordou em deixar a Terra em paz se Strange desfizesse o *looping* temporal. Um negócio foi acordado, e ambas as partes mantiveram a palavra.

Wong e Mordo esperavam por Strange quando ele voltou do confronto. E embora Wong estivesse aliviado em ver que Strange estava vivo e sem dúvida orgulhoso de sua solução engenhosa para um problema aparentemente insuperável, Mordo via as coisas de outra forma.

Mordo acreditava que ao usar o Olho de Agamotto para mexer com o tempo, Strange violara as leis da natureza. As leis eram absolutas, certo e errado. Ele não podia mais ter qualquer relação com Strange, com Wong ou com o Kamar-Taj.

"A conta sempre chega", Mordo gostava de dizer. Sempre havia um preço a ser pago. Como Strange poderia usar o Olho sem que houvesse consequências terríveis?

Mordo não queria fazer parte disso. Ele seguiu seu próprio caminho.

Isso deixou Wong muito preocupado, uma preocupação que carregava desde então.

Um sujeito como Mordo, um homem de princípios inabaláveis, que não tolera discordâncias do seu ponto de vista? Ora, um sujeito assim podia ser extremamente perigoso.

CAPÍTULO 8

— Então as dores de cabeça só começaram há uma hora? – perguntou Wong, preocupado.

— Mais ou menos – confirmou Strange. – Eu saí para desanuviar a cabeça. Minha mente... ela... anda turva ultimamente. Como um pensamento prestes a se formar, mas que está fora do meu alcance. Enfim, era só uma dor de cabeça, e não pensei muito a respeito inicialmente. Mas aí... – Ele colocou um dedo em cada têmpora e as apertou de leve, vibrando os dedos. – Foi como um prego entrando no cérebro. Meu lado médico disse: "Sabe de uma coisa, Stephen? Isso não é normal."

— Tem alguma ideia do que pode ser?

Strange balançou a cabeça.

— Não, mas junto à dor, tive... acho que você diria que são visões – Strange começou. Ele e Wong chegaram ao fim do corredor e agora adentravam a Sala de Relíquias do Sanctum Sanctorum.

As relíquias eram peças de imenso poder. Os feiticeiros ao longo do tempo aprenderam que a manipulação de energias dimensionais podia às vezes gerar um enorme desgaste a seus corpos e mentes. Havia magias que eram simplesmente potentes demais para qualquer indivíduo controlar, por mais conhecimento que tivesse nas artes místicas. Por isso, determinados objetos – as relíquias – foram infundidas com o poder de suportar o imenso desgaste, de submeter-se à pena que os feiticeiros eram incapazes de aguentar eles mesmos.

— Visões de que tipo? – perguntou Wong. Ele estava preocupado.

Strange caminhou por trás de uma cristaleira que continha um utensílio que Wong de pronto reconheceu como o Braseiro de Bom'galiath. Wong sabia que podia ser usado para aumentar a potência de feitiços conjurados. Strange pareceu demorar-se perto dele por um momento antes de prosseguir.

– As visões... elas não são muito... claras – Strange disse, devagar. – Só algo na minha mente, algo... se aproximando. Uma forma, um contorno... um ser vivo. Lá em cima – Strange concluiu, apontando o dedo para o alto e olhando para o teto.

Diante do olhar confuso de Wong, Strange explicou:

– Não, não literalmente no sótão. No espaço. Em outra dimensão. Não sei ao certo. Só sei que é alguma coisa que está se aproximando de nós. E que não tem a melhor das intenções.

Wong escutou e refletiu. Ao passo que outros muitas vezes ficavam propensos à impulsividade diante do perigo, Wong reagia com calma. Ele gostava de organizar seus pensamentos em silêncio e agir apenas depois de considerar e ponderar com cuidado os fatos que tinha disponíveis.

Com seu espírito de bibliotecário, disse:

– Há textos que posso consultar no Kamar-Taj. Talvez eles sejam úteis.

Viajar entre os três Sanctums e o Kamar-Taj era relativamente simples. Os mestres das Artes Místicas podiam usar as passagens místicas do Sanctum Narthex para circular entre os Sanctums com facilidade. Wong poderia ir ao Kamar-Taj praticamente só pensando nisso.

Strange bateu uma palma com as mãos.

– Parece uma ótima ideia – disse, ansioso. – Pode ir. Ficarei aqui para meditar.

– Meditar – Wong repetiu, devagar.

– Meditar.

Wong aquiesceu.

– Ótimo. Você está precisando.

CAPÍTULO 9

Um minuto antes, até menos que isso, Wong estava no Sanctum da cidade de Nova York, falando com Stephen Strange na Sala das Relíquias. Agora, ele estava novamente no Nepal, no Kamar-Taj. Dentro da biblioteca fria e mal-iluminada que ele conhecia como a palma de sua poderosa mão.

Wong foi até uma estante em particular, repleta de enciclopédias acerca de fenômenos e criaturas estranhas que representavam possíveis ameaças à Terra. Os livros estavam cheios de coisas tão terríveis que a maioria dos estudantes no Kamar-Taj nunca ousava abri-los. Mas Wong não se deixava deter. Os livros o chamavam. Cada um dos livros ficava no que parecia uma pequena gaiola de ferro. Removendo o trinco que a mantinha fechada, Wong abriu a gaiola e retirou um volume envolto em couro preto e rachado.

Wong segurou o livro nas mãos com firmeza e foi até uma cadeira. Ele se sentou, depois abriu o tomo sob a luz fraca da biblioteca. Para seus olhos, as palavras apareceram aos poucos na página.

O Livro do Sol Poente.

Era um livro repleto de magias sombrias e criaturas ainda mais sombrias. Se a Terra estava diante de uma ameaça, havia uma boa chance de que Wong encontrasse algo a respeito dela n'*O Livro do Sol Poente.*

Enquanto pesquisava as páginas de pergaminho, os cabelos na nuca de Wong se eriçaram. Virando a cabeça de súbito, ele não ficou surpreso ao ver um círculo brilhante de energia mágica abrir-se a uns dois palmos de sua cabeça. Dentro do círculo, ele via Stephen Strange, em Nova York.

Strange estendeu a mão para o outro lado do pequeno portal.

– Quer maçã? – disse, meneando a cabeça para a fruta que segurava.

Wong suspirou.

*

Wong acordou de súbito.

Por quanto tempo dormira? Horas? Minutos? Ele sem dúvida lera durante horas, isso ele sabia.

Foi então que Wong começou a sentir um grande incômodo, um profundo frio na barriga. Ele se deu conta de que não havia sido incomodado por Strange por horas antes de cair no sono – desde que Wong rejeitara as várias frutas ofertadas por Strange através do portal, inclusive.

A mente de Wong disparou. Por que Strange sugeriu tão prontamente que Wong fosse sozinho ao Kamar-Taj? E desde quando Strange simplesmente sentava e "meditava"?

E também havia a questão das dores de cabeça. Das visões.

"Talvez", pensou Wong, "Strange queria que eu ficasse longe do seu caminho. Talvez ele pretenda fazer alguma coisa."

Alguma tolice. Sozinho.

Wong fechou o livro em um só movimento e empurrou a cadeira para trás, sem nem se preocupar em recolocar o tomo em sua respectiva gaiola. Desenhando um círculo no ar com o anel de acesso em sua mão direita, Wong abriu um portal entre o Kamar-Taj e o Sanctum Sanctorum, em Nova York, e o atravessou.

CAPÍTULO 10

—Stephen! – Wong berrou com sua voz mais grave e formidável. O portal crepitou conforme ele o atravessava para entrar no Sanctum de Nova York e depois desapareceu, como se nunca estivesse estado ali.

Wong apareceu no salão de entrada, de costas para a imponente porta da residência do Greenwich Village. Ele rapidamente perscrutou o andar de baixo por sinais de vida, depois procurou no andar superior.

Nada.

Wong se arrepiou. "Ele foi agir por conta própria", pensou Wong. "Quem ele pensa que é? O Feiticeiro Supremo da Terra?"

Sem saber ao certo o que fazer, Wong caminhou até chegar à Rotunda do Sanctum.

A Rotunda era uma sala circular grande logo após o corredor principal. Dentro dela, havia três janelas panorâmicas enormes. Fazendo o impossível, cada janela dava para uma vista diferente. A primeira janela continha areias de um deserto girando em redemoinho. À distância, Wong viu o que aparentava ser algum tipo de jato. Parecia familiar, mas ele não conseguia determinar o que lembrava. Na segunda janela, não havia nada visível além de águas oceânicas até o horizonte.

Quando Wong parou para observar a terceira janela, deparou-se com uma visão estranha: Strange, sentado na posição de lótus, no topo de uma montanha coberta de neve.

"O que ele está fazendo?", pensou Wong. "Ele está meditando mesmo?"

Ele hesitou por um momento, sem ter certeza se devia interromper Strange.

Ele mordeu os lábios com tanta força que pôde sentir o sabor ferroso do próprio sangue. Que sensação era essa? Nervosismo? Wong não estava acostumado com isso. Wong sempre estava invariavelmente sob controle, tanto de si mesmo como das situações ao seu redor. Calmo por fora, calmo por dentro. Devagar na reação. Difícil de enfurecer.

Ele estava resistindo ao impulso de pular pela janela quando teve uma epifania. A Anciã não estava mais entre eles. Ela morrera pelas mãos de Kaecilius. Não iria voltar. Stephen Strange agora se via encarregado de preencher o grande vazio que ela deixou.

Wong tinha que confiar que Strange era páreo para isso.

Ele se deteve por mais um momento, depois deu as costas para a janela e se retirou lentamente da Rotunda.

– Alguém em casa?

O feiticeiro corpulento tirou os olhos das folhas em sua mesa. Precisando distrair-se, ele passara a hora anterior absorto na escrita e pensava com uma concentração profunda quando ouviu ser chamado. Normalmente um sujeito de paciência aparentemente infinita, Wong correu para a Rotunda.

Dentro dela, viu Strange massageando as têmporas. Outra dor de cabeça. O feiticeiro havia acabado de sair da janela, o que ficava claro pelos flocos de neve que ele varria dos ombros. Ele então voltou sua atenção para um painel de controle montado nas molduras das janelas e girou uma chave. A imagem da montanha com neve mudou, revelando uma campina verde em seu lugar.

– Você voltou – disse Wong. Ele esperava que sua voz não entregasse sinais de preocupação.

– Sim, voltei – Strange respondeu. – Para sua surpresa, eu estava de fato...

– Meditando – Wong completou a frase. – Eu sei. Eu vi.

– Você não deveria estar no Kamar-Taj, lendo a respeito de nossa ameaça? Achei que não haveria ninguém aqui.

– Era um esforço em vão. Você sabia que eu não encontraria nada lá.

Strange suspirou e pôs as mãos nos quadris. Ele olhou para o chão, depois para Wong.

– Sabia. – Seu tom era neutro, sem nenhuma sugestão de culpa ou remorso. Típico de Strange.

– Por que você mentiu? – Wong perguntou. Se ele iria confiar em Strange, Strange teria que confiar nele o suficiente para contar a verdade.

– Eu não sabia o que iria acontecer enquanto eu estava no topo daquela montanha – Strange respondeu. – Não tinha certeza do que poderia... atravessar a janela comigo ao voltar. Não queria que você estivesse aqui se isso acontecesse.

– Estou aqui para ajudar – Wong retorquiu, deixando escapar uma leve frustração em seu tom de voz. – Você sabe disso. Assim como eu ajudava a Anciã, estou aqui para ajudá-lo. Eu sou...

– Você é meu amigo – Strange interrompeu a repreensão de Wong quando ele estava prestes a concluí-la. – Eu sei disso. E é por isso que eu tinha que assegurar que você ficaria bem. Se algo acontecesse comigo, precisaria que você fizesse algo a respeito.

Wong olhou para Strange e balançou a cabeça. Ele trataria da lógica distorcida de Strange depois. Naquele momento, sentiu que havia algo mais urgente.

– Bem, o que você descobriu?

Imediatamente, Strange fez um círculo com a mão direita, e faíscas começaram a espiralar no ar.

– Venha comigo – ele disse.

CAPÍTULO 11

Wong se lembrou de uma história que Mordo lhe contara. Era ainda nos primeiros dias de Strange. Ele estava sofrendo bastante. Tentando provar a si mesmo que era capaz. Que podia fazer magia. Até aquele momento, no entanto, não tinha tido nenhum sucesso.

Mordo contou que estava treinando um grupo de estudantes em um pátio no Kamar-Taj. Cada um usava um anel de acesso para criar portais circulares grandes a partir do nada. Os anéis de acesso eram usados para concentrar a energia de seus usuários. Todos os estudantes estavam conseguindo dominar a técnica – conforme gesticulavam, portais luminosos apareciam diante deles.

Isto é, todos exceto Stephen Strange.

– Visualizem – Mordo instruía aos estudantes. – Vejam o destino em sua mente. Quanto mais clara a imagem, mais fácil e rápido será formar a passagem.

As palavras foram ditas para todo o grupo, mas na verdade eram direcionadas a Strange.

Por mais que tentasse, o aprendiz mais recente era incapaz de realizar o feito. Algo o bloqueava.

Naquele momento, a Anciã chegou com outro discípulo: um sujeito vestindo um manto, chamado Hamir. A Anciã falou com Mordo e pediu para ter uma conversa com Strange.

Como sempre, Strange começou a reclamar das mãos. Sobre como, por causa do acidente, ele não conseguia realizar os gestos necessários para fazer o anel de acesso funcionar.

A Anciã não aceitou essa justificativa.

– O problema não são as mãos – ela insistiu.

Strange discordou com veemência. Então, a Anciã pediu para que Hamir fizesse uma demonstração para Strange. Ele concordou e tirou as mãos das longas mangas de seu manto.

Na verdade, tirou uma mão.

Sem hesitar, Hamir começou a fazer os gestos necessários para evocar o portal. Uma mão e um braço amputado. Ambos conjuravam runas brilhantes no ar e, dentro de segundos, o portal apareceu.

O argumento da Anciã foi comprovado sem sombra de dúvidas. Com seu próprio anel de acesso, ela fez um portal, atravessou-o e chamou Strange para acompanhá-la com um gesto.

Os dois estavam agora no monte Everest, quase no topo. Congelado. Esplêndido. A Anciã observou que era possível uma pessoa sobreviver ali no máximo pouco mais de meia hora. O colapso ocorreria muito antes, dentro de um ou dois minutos.

Em seguida, ela atravessou o portal de novo e fechou-o, deixando Strange no pico congelado.

Era uma prova de gelo. Se Strange não conseguisse fazer o anel de acesso funcionar, ele morreria. Simples assim.

Posteriormente, Mordo contou a Wong que não conseguiu acreditar no que a Anciã havia feito.

Passaram-se vários minutos tensos, quando de repente um portal se abriu, e Strange caiu através dele, literalmente indo ao chão, coberto de neve. Ele estava trêmulo, quase congelado... mas havia conseguido.

Era mais um passo importante que ele dava no mundo do desconhecido.

– Estou na biblioteca de novo – disse Wong, conferindo seus arredores.

– Na biblioteca de novo – ecoou Strange.

Os dois caminharam pela penumbra do cômodo deixando os tomos antigos que os envolviam.

– O que espera encontrar dessa vez? – Wong perguntou.

– Um recurso – foi a resposta de Strange. – Algo que possamos usar para impedir que nosso mundo seja detectado.

O Livro dos Cinco. Era um tomo de imenso poder, cheio de magias benevolentes incríveis. O livro em si tinha milhares de anos de idade. Os feitiços dentro dele haviam sido escritos pelos feiticeiros mais poderosos que já existiram. Juntos, esses Mestres das Artes Místicas haviam tecido magias que foram passadas de geração a geração, de feiticeiro a feiticeiro.

– Enquanto meditava naquela montanha – Strange começou a dizer –, tive outra visão. Vi alguma coisa. Algo... vivo, enorme. Uma criatura com tentáculos. Flutuando pelo espaço. Vindo para cá. Para a Terra. E estava faminta.

Wong mudou de postura, tenso.

– O E'kolith? – disse em voz alta. O E'kolith viera à Terra havia mais de um milhão de anos. Uma criatura com tentáculos digna de pesadelos, que governou com crueldade, realizando sacrifícios humanos para seus propósitos sórdidos. Foi necessária a força e a vontade de um Mestre das Artes Místicas para retirar o E'kolith da Terra, supostamente de uma vez por todas.

Strange balançou a cabeça.

– Não é o E'kolith, embora eu adoraria conhecê-lo um dia desses – disse, com um leve sarcasmo na voz. – Mas ouvi um nome em minha visão. Kalkartho.

– Kalkartho? – rebateu Wong. – Não me lembro de encontrar nenhum Kalkartho em nenhum desses livros.

– É porque *não está* em nenhum desses livros – disse Strange. – É algo novo. Algo que nós, a Anciã, e qualquer um que já tenha vivido na Terra nunca encontrou antes.

– Você fala em "encontrar"... – considerou Wong. – Quando chegará aqui?

Strange sutilmente deu de ombros. Não sabia.

– E o que ele fará? – Wong perguntou.

– A visão que tive não era nada agradável – Strange disse, sem cerimônias. – Ele sugará toda a energia do planeta, tornando-o uma carcaça sem vida.

– Se essa ameaça não consta em nenhum dos livros, o que queremos encontrar neste? – Wong disse, apontando para o livro aberto diante de Strange.

– Esperança – respondeu Strange. – Estamos buscando esperança.

CAPÍTULO 12

"**E**sperança. Strange sempre buscou esperança", pensou Wong.

Afinal, foi essencialmente a esperança que levou Strange ao Nepal para começo de conversa.

Strange contou a Wong como descobrira o Kamar-Taj. Enquanto se submetia a uma sessão de fisioterapia para restaurar um mínimo de destreza nas mãos arrebentadas, o fisioterapeuta contou a Strange de outro paciente que sofrera um acidente de fábrica terrível. Quebrou a coluna, perdeu o movimento das pernas. Ele, de repente, parou de ir à terapia.

E então, um dia, alguns anos depois, o mesmo sujeito passou andando pelo terapeuta na rua.

Andando.

Strange pensou que o terapeuta só estava contando uma história para fazê-lo sentir-se melhor, como um pai que lê um conto de fadas para os filhos antes de dormir, para espantar pesadelos. Mas o fisioterapeuta jurou que dizia a verdade. Strange pediu a ele o nome do paciente.

Jonathan Pangborn.

Strange localizou Pangborn em uma quadra de basquete, na qual ele jogava com amigos. Nervoso, ele não fazia ideia de como abordar o sujeito. Então, do lado de fora da quadra, ele simplesmente disse:

– Jonathan Pangborn. Lesão na medula espinhal entre as vértebras C7 e C8. Total.

Pangborn olhou imediatamente para Strange e parou de jogar.

– Quem é você? – disse, baixo.

– Paralisado do abdômen para baixo. Paralisia parcial nas duas mãos.

Pangborn ficou desorientado.

– Eu não te conheço.

– Sou Stephen Strange. Sou neurocirurgião... *era* neurocirurgião.

De repente, surgiu uma expressão de reconhecimento no rosto de Pangborn.

– Na verdade, sabe de uma coisa, cara? Eu te conheço, sim. Eu fui no seu consultório uma vez – disse, com traços de raiva na voz. – Você se recusou a me ver. Nunca passei da recepção.

– Seu caso não tinha tratamento – disse Strange. Suas palavras soavam inócuas, mesmo para ele.

– Não haveria glória pra você, não é? – Pangborn retrucou, astuto. Ele começou a dar as costas.

– Você retornou de um lugar que não tinha volta – Strange insistiu, com urgência. – Eu... eu estou tentando encontrar meu caminho de volta.

Strange tirou as mãos do bolso de seu casaco, segurando-as para mostrá-las a Pangborn. As cicatrizes. O tremor.

Pangborn ficou em silêncio, depois começou a falar, devagar, bem baixo, em um tom que só Strange conseguiria ouvir.

– Tá bom. Eu tinha desistido do meu corpo – sussurrou. – Pensei: "minha mente é tudo o que me resta, então eu deveria ao menos tentar elevá-la. Então, eu me reuni com gurus e com mulheres sagradas. Estranhos me carregaram ao topo de montanhas para ver homens divinos. E, finalmente, encontrei alguém para me ensinar... E minha mente se elevou, meu espírito se aprofundou e, de algum modo...

Strange completou:

– Seu corpo sarou.

Pangborn aquiesceu.

– Sim. E havia segredos maiores para se aprender lá... Mas eu não tinha a força para aprendê-los. Decidi me contentar com meu milagre e voltar para casa.

Strange atentava para cada palavra do sujeito. Ele olhava para Pangborn, suplicando com os olhos.

– O lugar que você busca se chama Kamar-Taj – disse o homem. – Mas o preço a se pagar é alto.

– Quanto?

– Não estou falando de dinheiro – foi a resposta. – Boa sorte.

Strange ficou atônito. Era como se uma parede que o aprisionava tivesse ruído de repente.

Depois que todo o resto deu errado, ali estava: um último fio de esperança, oscilando diante dele.

CAPÍTULO 13

— Eis aí, bem na nossa frente – disse Strange, batendo no pergaminho de tom sépia com o polegar direito. *O Livro dos Cinco* estava aberto diante dele.

Wong virou a cabeça para olhar para a página. O texto lhe era familiar. Wong o havia lido antes, muito tempo antes.

— As Amarras de Baelzar – disse Wong. Ele se retraiu, muito ligeiramente. Strange captou isso.

— As Amarras de Baelzar – Strange repetiu.

— A Anciã nunca as usou – Wong respondeu. Não havia reprovação em seu tom. Não precisava haver. Só a menção de Wong de que a Anciã evitara usar uma relíquia em específico deveria ser motivo suficiente para fazer qualquer um deter-se por um momento.

Mas Stephen Strange nunca deixava de surpreender.

— Talvez a Anciã nunca as tenha usado porque nunca tenha *precisado* usar – ele rebateu. – Esse Kalkartho, seja lá o que for, está vindo. Não podemos deixar que chegue perto da Terra. Precisaremos de algo incrivelmente poderoso para afastá-lo. Isso – ele disse, apontando para o feitiço – pode ser nossa única chance.

Strange se concentrou na página, perscrutando com os olhos palavras escritas em uma língua há muito esquecida. Wong sabia que depois que Strange escolhia um caminho, era praticamente impossível dissuadi-lo. Mas ele tinha que tentar.

— As amarras são uma magia de proteção. Sim, são poderosas. Sim, talvez funcionem. Mas depois de conjuradas, você não é capaz de controlá-las – disse Wong. – A Anciã sabia disso. É por isso que ela nunca as evocou, nunca pediu a Baelzar que lhe emprestasse seus poderes.

Quando ele chegara ao Kamar-Taj, muito tempo atrás, ele leu a respeito de Baelzar de forma muito interessada. Algo na história era fascinante. Baelzar era um místico poderoso que viveu milhares de anos atrás. Ninguém tem certeza se ele nasceu nessa Terra ou veio de outro lugar. Mas ao evocar o nome de Baelzar ao mesmo tempo que se recitam os encantamentos n'*O Livro dos Cinco*, o usuário poderia canalizar o próprio poder e existência de Baelzar. Os feitiços eram, de fato, magníficos; eles eram semelhantes à força vital de um dos feiticeiros mais poderosos que já existiu.

Mas havia um preço a se pagar por usar um poder desses.

Um princípio de riso amargo e silencioso escapou da boca de Wong. Strange não tirou os olhos do livro. Apenas continuou lendo e falou com o canto da boca.

– Alguma graça?

– Não – disse Wong. – Não há graça alguma. Mas se Mordo estivesse aqui, você sabe o que ele diria.

Strange levantou a cabeça.

– A conta sempre chega.

– A conta sempre chega – ecoou Wong. – Stephen, não é só porque foi Mordo quem disse que está errado.

CAPÍTULO 14

– **V**eja pelo lado bom – disse Strange, enquanto guardava *O Livro dos Cinco* e o acorrentava em seu devido lugar. – Pelo menos eu memorizei o encantamento. Eu poderia simplesmente ter rasgado a página do livro e a levado comigo. Mas diferente de *um certo alguém*, eu respeito a palavra escrita – ele sacudiu as sobrancelhas, um gesto fingido de repreensão.

Com uma graciosidade praticada, Strange começou a mover os dedos da mão direita no ar, depois os da esquerda. Runas começaram a surgir, inicialmente fracas, mas depois brilhando cada vez mais forte. Um arco de luz começou a girar em um círculo – pequeno, depois gradativamente maior, até ficar grande o suficiente para que uma pessoa pudesse atravessar. As mãos de Strange pararam de se mexer, e ele convidou Wong a entrar com um gesto.

– Os mais velhos primeiro, os mais bonitos depois – disse Strange.

– Então você primeiro – provocou Wong.

*

– Está congelante, Stephen – reclamou Wong certo tempo depois. Ele respirou e sentiu uma pontada dolorosa nos pulmões por causa do ar frio.

Um vento forte soprou em seu rosto enquanto ele contemplava a vasta paisagem. Abaixo dele, viam-se os picos das montanhas, depois nuvens. O que havia abaixo das nuvens brancas e fofas, ele não conseguia ver. E não sabia ao certo se gostaria de ver.

Wong se virou. Atrás dele, viu Strange atravessar o anel de energia, e o portal que ele criara – além da biblioteca que havia do outro lado – desapareceram na mesma hora. Os dois estavam lado a lado no alto da montanha. Um passo em falso, e eles acabariam caindo da montanha, indo para o abismo abaixo.

– Pense em coisas quentes – Strange sugeriu.

Wong expirou e viu sua respiração sair dele como uma nuvem de vapor.

– Essa é a montanha na qual você meditou – disse, devagar. – É onde você teve sua visão.

Strange aquiesceu energicamente.

– Tem algo nessa montanha – ele gritou para ser ouvido em meio ao ataque da tempestade. – Linhas de ley cruciais se encontram neste ponto. É um local de muito poder. Foi o que me trouxe aqui para começo de conversa.

– Estamos na Argentina – Wong processou em voz alta. – Na Cordilheira dos Andes.

– Você é bom de geografia – disse Strange. – Como soube? A posição do sol?

– A placa – respondeu Wong. Ele apontou para uma placa fixada no chão que dizia MENDOZA, ARGENTINA.

Strange transpareceu surpresa, depois sorriu.

– Ah. Isso não é tão impressionante, mas também serve.

Enquanto a neve esvoaçava ao redor deles, Strange sinalizou para que Wong o seguisse. Os dois caminharam pelos montes de neve fresca, indo até o cume. Depois de alguns minutos de caminhada, Strange gesticulou para que parassem por completo. Em seguida, sentou-se na neve e colocou-se em pose meditativa, com as pernas em posição de lótus. Com a mão, indicou para que Wong fizesse o mesmo.

– Eu começo, você me acompanha – disse Strange.

– As Amarras de Baelzar? – perguntou Wong. – Você as trouxe da Sala das Relíquias? Mas...

– Não – disse Strange, descartando a ideia. – Não as amarras. Não no momento. Primeiro, precisamos fazer um pouco de pesquisa.

Cristais de neve faziam formigar as bochechas de Wong, que olhou confuso para Strange. Se estivesse bebendo chá, teria cuspido por todo o chão branco.

– Que *tipo* de pesquisa? – perguntou, com medo da resposta.
– Estamos atrás de uma casa de férias – disse Strange, batendo os dentes. – Para uso permanente.

CAPÍTULO 15

Por fora, ele estava calmo; mas, pela primeira vez, o interior de Wong não condizia com sua tranquilidade exterior: sua intuição tinha a sensação desagradável de que Strange estava prestes a fazer uma tolice.

Assim que uma névoa magenta começou a aparecer lentamente ao redor deles, Wong sabia que sua intuição estava certa. A névoa parecia intensificar-se, girando em torno deles em curvas e padrões peculiares que desafiavam as leis da física.

– Essa névoa não pertence a essa Terra, Stephen – Wong gritou ao som dos bramidos do vento. – O que você está procurando?

– Está vendo? *Agora* você parece estar me julgando – retrucou Strange aos berros. Suas mãos continuavam seus movimentos graciosos conforme o feitiço ficava mais forte. Dentro da névoa magenta, Wong conseguia ver algo que não era desse mundo.

Era de outra dimensão, uma que ele nunca tinha visto antes.

A névoa ficou mais densa e Wong mal conseguia ver a neve. De repente, deixou de sentir frio. O vento não mais rugia em seus ouvidos. Ele e Strange aparentemente estavam em algum tipo de "bolso" místico, no qual as condições atmosféricas não os afetavam mais. Pelo menos isso deixava Wong temporariamente agradecido.

Até que ele percebeu que o motivo pelo qual tudo estava tão calmo tão de repente era porque ele e Strange agora estavam *dentro* da névoa magenta.

Lá se foram os arredores familiares de montanha e neve. Em seu lugar, havia nuvens crescentes de puro magenta. Dentro das nuvens que pairavam acima, tiras de energia azul e branca crepitavam.

– Onde estamos? – perguntou Wong. Ele não via sinais de vida em lugar algum. Tudo o que estava ao alcance dos olhos era magenta, nuvens e lapsos de energia lá no alto.

– Lembra da casa de férias que eu tinha mencionado? – respondeu Strange. – Eis ela aqui.

A névoa de cor forte começou a dispersar aos poucos. As nuvens de energia azul e branca no alto começaram a enfraquecer, em seguida se desintegraram em flocos minúsculos, quase inivisíveis. Novamente, Wong sentiu o ar frio e os cristais de neve vindo horizontalmente a seu rosto. Em menos de um minuto, a névoa cinza havia sumido por completo, deixando Wong e Strange sentados no topo da montanha, novamente expostos ao frio congelante.

Wong balançou a cabeça.

– O dia de hoje está...

– Cada vez mais estranho?

Contrariando sua natureza, Wong riu com sinceridade.

CAPÍTULO 16

– Você sabe usá-las? – Wong perguntou.

Ele estava contente em estar novamente dentro do conforto das paredes e do calor familiar do Sanctum Sanctorum, em Nova York. Wong observava enquanto Stephen Strange se sentava em uma poltrona de veludo vermelha na sala de estudos do andar inferior. Ele segurava as Amarras de Baelzar nas duas mãos, revirando-as em suas palmas e estudando-as com afinco.

– Parece bem direto ao ponto – Strange conjecturou. – Você segura essas duas alças e depois *zap*!

– Creio que, na verdade, não seja tão simples – respondeu Wong. Ele foi até Strange e se sentou em uma cadeira de frente para ela.

– Bem, melhor torcer para que seja, senão estaremos todos encrencados.

– E para que você vai usá-las? – perguntou Wong.

– As amarras obtêm seu poder da dimensão magenta que lhe mostrei. É uma fonte de energia, diferente de qualquer coisa na Terra. Estou contando que nosso amigo Kalkartho não seja capaz de resistir à sua... persuasão. Que é muito maior do que qualquer fonte de energia que o atraia a nosso reino físico.

– Mas esse Kalkartho já não está vindo para a Terra? – Wong perguntou, confuso. – Por que usar isso? A criatura precisa de mais incentivo para nos destruir? E você a traria para nós deliberadamente?

Strange colocou as amarras em uma mesa de centro próxima de sua cadeira e se levantou.

– Não estamos atraindo a criatura para nós – corrigiu. – Digo, estamos. Mas usaremos isto para levar a criatura *para longe* da Terra.

– E como faremos isso?

Houve um breve momento de silêncio na sala. Em seguida, Strange disse:

– Ainda estou resolvendo essa parte.

– Mas é claro que está.

– Pelo que pude determinar – ele prosseguiu –, esse Kalkartho viaja pela Dimensão Astral e pode materializar-se no mundo físico. Ele é atraído pela Terra e, suponho, pelos Sanctums... pelo poder.

– Então você acha que... – Wong começou a dizer.

– Interceptamos Kalkartho na Dimensão Astral, o deixamos enfraquecidos. Trazemos para o Sanctum Sanctorum. Depois o banimos por toda a eternidade.

– Parece algo muito mais fácil de falar do que de fazer – disse Wong.

Strange pegou as Amarras de Baelzar nas mãos e as deu para Wong. O bibliotecário pegou a arma e murmurou algumas palavras. As amarras ganharam um brilho magenta em suas mãos, e ele as sentiu pulsando contra sua pele, como um ser vivo.

– Consigo usá-las – disse.

– Claro que consegue – Strange retrucou, com desdém. – Uma criança conseguiria usá-las.

– E enquanto você entra na Dimensão Astral...

Strange atentou para a insinuação de Wong.

– Nós – disse. – Nós entraremos juntos na Dimensão Astral.

– E depois?

– Nós o pegamos bem de jeito. – Strange foi até a porta da sala de estudos e abriu a boca para falar mais algo.

Mas o som que saiu de sua boca não foram palavras.

Foi um berro.

CAPÍTULO 17

— **S**tephen — gritou Wong quando seu amigo caiu para a frente, indo de encontro ao tapete. O feiticeiro ficou mole; seu corpo era como uma marionete que teve os fios cortados. Todos os músculos pareceram relaxar ao mesmo tempo, fazendo o corpo desmoronar.

Porém, mesmo enquanto isso acontecia, a boca de Strange permanecia aberta, fixa, congelada em uma expressão de uma dor extrema e insuportável.

E ele continuava gritando.

Wong foi para o lado de Strange num salto e tentou erguê-lo, mas o corpo de Strange espasmava e se retorcia de modo que era impossível contê-lo. As veias em suas mãos pareciam palpitar e pulsavam com um sinistro tom rosado.

— Stephen! — Wong gritou de novo, chacoalhando o amigo enquanto olhava para seu rosto alheado. Os olhos continuavam fechados. Wong teve que usar os dedos para abri-los. Quando os olhou, só via um negrume. Como se Strange não tivesse olhos.

Escuridão.

Wong deixou que os olhos fechassem, incerto em relação ao que poderia ser feito para ajudar Strange.

E então os gritos pararam. Porque Stephen Strange não estava mais respirando.

Wong olhou para o corpo flácido do amigo. Independentemente do que pudesse ter causado a condição de Strange, Wong sabia que a não ser que ele prestasse primeiros socorros imediatos, nada disso importaria. Ele colocou as duas mãos no peito de Strange e fez uma única compressão, com força.

O homem no chão ofegou, inspirando profundamente e depois começando a tossir. Seus olhos se reviraram, de modo que Wong só conseguia ver o branco que rodeava as pupilas.

Finalmente, os olhos de Strange voltaram ao lugar e olharam para Wong.

– Está aqui – Strange disse entre respirações ruidosas, tentando recuperar o fôlego.

*

– Você tem sorte de estar vivo. Sente-se. Diga-me o que fazer e eu farei. – Wong argumentou.

Mas o Mestre das Artes Místicas não deu o braço a torcer. O perigo era grande demais. Então Wong ajudou Strange, ainda enfraquecido por causa de sua experiência de quase morte, a subir as escadas e entrar na Sala das Relíquias.

– *Nós* temos sorte de estarmos vivos – Strange disse enquanto estendia uma mão, chamando a Capa da Levitação para ir até ele. – Se Kalkartho tivesse me pegado, ele teria ido atrás de você em seguida. E aí quem sobraria para salvar a Terra?

A capa se envolveu nos ombros de Strange. O colarinho parecia mover-se com uma mente própria, e arrumou as laterais do cabelo desgrenhado de seu companheiro.

– Você sabe tão bem quanto eu que isso é um problema para nós – disse Strange. – Para os feiticeiros.

Ele levou Wong para fora da Sala das Relíquias e para o salão principal. Descendo rápido a escadaria, falou por cima do ombro:

– De algum modo, Kalkartho deve ser capaz de captar o poder presente nos Sanctums. O nosso poder. Ele quer o que nós temos.

Wong se endureceu, preparando-se para o que viria.

– Então, já começou.

– Sim. É hora de colocar nosso plano em ação.

Ao entrar na sala onde fora atacado por Kalkartho, Strange se agachou e pegou as Amarras de Baelzar.
– Vamos pôr um fim a isso – ele disse.

CAPÍTULO 18

Sempre que a forma astral de Wong deixava seu corpo, ele sentia uma vaga sensação de inquietação. Ele se perguntava se seria a última vez que veria seu corpo. Pois se algo acontecesse com sua forma astral, sua forma física morreria também.

"E seria isso", pensou Wong, "fim de papo".

Tudo isso percorria a mente de Wong quando ele percebeu que pairava sobre a superfície da lua terrestre.

Cinza. Deserta. Sem vida.

– Não há muito para se ver, não é?

Wong não precisou virar a cabeça para saber que a forma astral de Strange estava ao lado dele.

– Tem certeza de que vai funcionar? – Wong perguntou.

– O máximo de certeza que posso ter – Strange respondeu. – Está pronto? – perguntou, e Wong aquiesceu.

Wong se concentrou, franzindo o cenho ligeiramente. Ele e Strange começaram a mover as mãos pelo ar, juntando energia mística ao redor deles.

– Isso deve chamar a atenção de Kalkartho – disse Strange, respondendo à pergunta que Wong não tinha feito. – Imagino que de cinco a dez minutos, ele estará aqui. Mais ou menos.

*

Wong sentiu as vibrações em sua forma astral. Ele agora gastava quantias iguais de energia na tentativa de manter sua forma astral e a energia mística para atrair Kalkartho.

Ele se virou e viu a forma de Strange flutuando no espaço ao seu lado. Ele parecia sussurrar, falando palavras que Wong não ouvia. Depois de um tempo, as mãos de Strange começaram a se mexer. Primeiro devagar, subindo e descendo como pinceladas controladas, como se pintasse uma parede ou cerca. Depois, os dedos se retraíram ligeiramente e começaram a ir de um lado para outro.

Strange estava aumentando a aposta, tornando-se um alvo atraente.

Eles estavam lidando com o desconhecido. Magia desconhecida que poderia salvar o dia. Ou que talvez destruiria tudo.

E foi então que Wong sentiu algo. Quase como se até suas moléculas estivessem se desintegrando. Juntando toda a força que tinha, ele ordenou que sua forma astral resistisse.

– Ele está se alimentando – disse Strange, com um tom lúgubre na voz.

– Nós somos o aperitivo – Wong respondeu, sem nenhuma entonação humorística. – A Terra é o prato principal.

CAPÍTULO 19

Wong sentiu primeiro. Depois Strange. Um pulso, como uma onda.

Mesmo estando em suas formas astrais, a onda soprava forte na direção deles, como folhas ao vento. Strange tentou manter-se firme, assim como Wong. Mas ficava cada vez mais difícil conforme o pulso continuava.

– Consigo vê-lo em minha mente – Strange sugeriu. Não havia traços de medo em sua voz.

Wong estreitou os olhos, perguntando-se a que distância a criatura estava. Um segundo depois, descobriu a resposta. Saído do nada, ele apareceu. Era enorme, muito maior que as silhuetas de ambos os homens. Com uma cor verde repugnante, a criatura tinha tentáculos que pareciam sair de todas as partes do corpo. Eles se retorciam, tateando, lançando-se para todos os lados. Na ponta de cada tentáculo havia uma pequena abertura, da qual tentáculos menores saíam.

No topo de seu corpo amorfo e cheio de protuberâncias, havia um talo longo, com uma bolha negra e viscosa na ponta. Ela oscilava, como se procurasse, sondasse. Como se olhasse.

Além disso, havia a boca, próxima à base da criatura. Escancarada, cheia de dentes.

Faminta.

A criatura chicoteou Wong com seus tentáculos. Desejava seu poder. Wong não sabia ao certo se a criatura era capaz de tocá-lo em sua forma astral. Ele decidiu que preferia não descobrir.

Um tentáculo atacou a cabeça de Wong, que se abaixou, escapando por pouco. Ele sentiu algo quando a criatura errou o golpe. Um zunido, como um choque de eletricidade estática.

Só que cem vezes pior.

O choque quase o fez desmaiar. Logo recuperando sua firmeza, ele viu que Kalkartho estava novamente na ofensiva.

– Seja lá o que você planeja fazer – gritou Wong –, dá para fazer?

– A pressa é inimiga da perfeição – Strange entoou enquanto continuava movendo as mãos e gerando runas.

A agachar-se de outro ataque de tentáculo, Wong dessa vez gritou. O tentáculo passou raspando em sua têmpora e ele sentiu. Wong ficou mole.

Depois, tudo ficou escuro.

*

Ele inicialmente não tinha certeza de onde estava. Nunca tinha ficado inconsciente enquanto estava na forma astral. Depois, Wong olhou ao redor.

Ele estava de volta ao Sanctum Sanctorum em Nova York. Não mais em forma astral, Wong baixou os olhos e viu que as Amarras de Baelzar já estavam em suas mãos. De pé, ao seu lado, estava Stephen Strange, também na forma corpórea.

– O que... – disse Wong. Antes que pudesse continuar, Strange o interrompeu.

– Não há tempo pra explicar – disse. – Kalkartho virá em um segundo. Você precisa estar pronto com as amarras.

– Um segundo? – Wong disse, incrédulo. – Você está trazendo Kalkartho para o Sanctum Sanctorum?! É isso que ele quer!

– Exatamente – respondeu Strange. – Uma isca.

Antes que pudessem seguir discutindo o assunto, Wong sentiu a presença dele. Os fios de cabelo da nuca se arrepiaram, como um surto de eletricidade estática. O ar dentro do Sanctum parecia ficar cada vez mais inerte e desorientador. Tudo na rotunda do Sanctum começou a ficar com uma nova e distinta cor.

Era um verde repugnante.

CAPÍTULO 20

O primeiro tentáculo verde se materializou na rotunda, agitando-se violentamente em todas as direções.

Kalkartho agora havia entrado no mundo corpóreo, usando o Sanctum Sanctorum como ponto de acesso. Emergindo aos poucos da Dimensão Astral, Kalkartho continuou sua ofensiva contra Strange e Wong.

– Wong, agora! – Strange gritou enquanto outro tentáculo verde emergia, envolvendo o Mestre das Artes Místicas com uma velocidade sobre-humana e ofuscante.

Wong agarrou as Amarras de Baelzar nas duas mãos e começou a recitar as palavras necessárias. Ao seu redor, uma névoa magenta começou a dançar e rodopiar, desafiando as leis da física. A névoa envolveu Strange primeiro, depois se estendeu para fora, até passar por cima e ao redor de Wong.

A névoa magenta se expandiu, irrompendo, até começar a envolver Kalkartho também. A criatura inicialmente não parecia reagir. Na verdade, Kalkartho sequer a notava.

Um tentáculo acertou o braço esquerdo de Wong em uma tentativa de pegar as amarras. Em meio à dor, Wong percebeu que desejava estar com as Faixas Escarlates de Cyttorak para manter a fera distante. Em seguida, deu-se conta: qualquer uso de energia simplesmente alimentaria Kalkartho mais ainda. Praticamente qualquer ataque mágico seria consumido pela criatura, que a converteria em energia pura, tornando o monstro cada vez mais forte e formidável.

De repente, Wong entendeu perfeitamente o plano de Strange.

Era impossível a essa altura enxergar através da névoa magenta. Wong não conseguia nem ver as próprias mãos. Os ataques de Kalkartho também haviam diminuído, pelo menos momentaneamente. Wong viu lampejos de tentáculos com a cor da morte em meio à névoa, mas a criatura parecia confusa. Como se não conseguisse determinar ao certo a função do nevoeiro.

E, como Wong pensara antes, no momento em que Kalkartho compreendesse o que estava acontecendo, seria tarde demais.

A névoa começou a dispersar, e tudo ficou calmo.

Ele ainda não conseguia ver os arredores para se situar. Mas ele olhou para o alto e viu nuvens familiares, cheias de energia azul e branca. Ele então ouviu uma voz familiar dizer:

– Sabe, uns segundos antes não teria sido mal.

Strange.

A névoa magenta recuou, ficando distante. Wong olhou ao redor e viu a paisagem vazia e incrível que havia testemunhado antes. Conseguia sentir a energia vinda das nuvens, que pulsavam como se estivessem vivas.

Tudo estava em tons de magenta.

– Onde Kalkartho está? – Wong perguntou. Ele não via sinal algum da criatura. Seria possível que ela não tivesse vindo com eles e a névoa? Será que as Amarras de Baelzar não tinham funcionado?

– Ah, ele está aqui, garanto – respondeu Strange. – Só está um pouco preocupado no momento.

Ao longe, um estrondo.

Os dois viraram a cabeça ao mesmo tempo, olhando na direção de onde o ruído emanara.

– Isso é… – Wong começou a dizer.

– Ah, sim – respondeu Strange. – Definitivamente é.

Diante deles, uma névoa magenta começou a se formar. No segundo seguinte, um tentáculo verde repugnante se lançou através do magenta. O tentáculo disparou em direção ao céu até conectar-se com uma das nuvens.

A energia azul e branca crepitava e explodia, liberando seu poder. O tentáculo parecia absorvê-la e a nuvem desapareceu, como se nunca tivesse estado lá.

Kalkartho estava se alimentando.

– Está vendo? – disse Strange. – Casa de férias. A única coisa nessa dimensão são essas nuvens de energia esquisitas. Nenhum ser vivo. Aqui, Kalkartho terá um suprimento eterno de energia.

Wong se virou para olhar a criatura enorme, que levitava vagarosamente rumo às nuvens no céu. Tinha se esquecido completamente dos feiticeiros. E, aparentemente, da Terra também.

– Vamos para casa, Wong – disse Strange, com indiferença.

CAPÍTULO 21

Tinha sido um dia e tanto, e isso era dizer pouco. Wong se sentou à escrivaninha, com sua papelada espalhada diante de si. Ele respirou fundo e começou a escrever.

Mais um dia ao lado de Stephen Strange. Estou vivo para contar a história. Isso é o melhor que se pode esperar. Enfrentamos um grande perigo, um inimigo diferente de qualquer outro.

A solução de Strange para a situação com Kalkartho foi… única. Nunca ocorrera a Wong que a criatura podia ser aprisionada em outra dimensão.

Enquanto escrevia, Wong ouviu alguém mastigando em sua orelha direita. Olhando por sobre o ombro, o bibliotecário viu um círculo de magia brilhante rodopiando no ar ao seu lado. Saindo dele, via-se Stephen Strange, que comia uma fatia de pizza.

– Stephen – disse Wong, mexendo as mãos para cobrir os papéis na mesa.

Houve um momento de silêncio. Wong não tirou os olhos das folhas, mas farejou.

– Isso é… pizza de queijo com cogumelos?

– É – respondeu Strange, falando de boca cheia.

– Eu te conto – respondeu Wong – por uma fatia.

– Ah, entendo sua proposta. A conta sempre chega – disse Strange.

– Sempre.

– Bem, se a conta chegar, quando chegar, nós estaremos prontos para pagá-la.

Wong olhou para o amigo e sorriu.

– Nós?

– Termine seu livro – disse Strange, que então se recolheu para o outro lado do círculo rodopiante.

HOMEM DE FERRO
PARTE QUATRO

CAPÍTULO 8

— Senhor Stark?
— Hmm, perdão? – disse Tony, de repente prestando atenção. Sua mente vinha pensando na ponte entre tecnologia e magia e como ele podia tornar isso possível. O que ele podia fazer que pudesse mudar o equilíbrio, fazer a balança pender em favor da Terra nas batalhas por vir?

— Eu disse que sei o que Pepper Potts faz; ela administra tudo – disse a repórter, começando a entrevista. – Então, o que Tony Stark faz?

Tony lançou um sorrisinho breve.

— Ah, sabe como é, um pouquinho aqui, um pouquinho ali. Mexo em umas coisinhas, passo o tempo. Além disso, sou meio que um Vingador reserva. Protetor do mundo. Essas coisas.

— Sabe, há quem ainda acredite que os Vingadores ainda representam uma ameaça ao mundo tão grande quanto as várias entidades que eles enfrentam – disse a repórter, Chalmers, claramente criando uma armadilha para o entrevistado.

— A isso, eu diria que a questão foi resolvida. O Tratado de Sokovia garantiu isso – disse Tony. – Tudo o que os Vingadores fazem é supervisionado pela ONU. Somos uma força de manutenção da paz, como qualquer outra.

— Uma força de manutenção da paz que conta com um Hulk – rebateu Chalmers.

— O que posso dizer? Gostamos de vencer – brincou Tony.

— E quanto à destruição que o Hulk causou quando o senhor usou a chamada "Armadura Caça-Hulk" para deter um dos surtos dele?

Tony virou a cabeça e olhou para Pepper.

— Ei, Pepper, lembra daquela coisa que eu preciso fazer?

Pepper olhou para ele, depois, arregalou os olhos.
– Ah, claro. Aquela coisa.
– Preciso ir fazer agora.

CAPÍTULO 9

— **C**hefe!
— Fala sério, o que está *acontecendo* hoje? – Tony perguntou em voz alta.
— São duas em ponto – Happy urgiu.
Tony olhou para Happy, sem saber o que dizer.
— O lançamento.
— O *lançamento!* – Tony disse, dando-se conta do que Happy falava. – É hoje? Achava que era amanhã.
— Não, amanhã é a outra coisa – respondeu Happy. – Hoje é o lançamento em Long Island. O novo satélite de comunicações da empresa. Você vai se encontrar com Maria Hill lá.
Tony conhecia Maria Hill fazia anos. Depois do desmantelamento da SHIELD, ela assumiu um cargo nas Indústrias Stark.
— Certo, certo – disse Tony enquanto andava até Happy. – E por que mesmo eu vou no lançamento?
— O satélite de comunicações vai pôr em ação alguns sensores interestelares – disse Happy. – Você queria estar presente.
Tony aquiesceu.
— Obrigado, Happy. Imagino que nos levará até lá a uma velocidade razoável.
— Farei o meu melhor com o trânsito da tarde.

★

Tony afundou em seu assento na parte de trás da limusine espaçosa. O sol da tarde estava forte, e ele estava feliz que existissem óculos de sol e películas para janela de carro.

– Afinal, por que a obsessão repentina com o espaço, chefe? – perguntou Happy. – Digo, sei que vocês da ciência se interessam, mas...

– Nós da ciência? Uau – disse Tony. – Não quis dizer... cientistas?

Happy balançou a cabeça, como se soubesse no que tinha se metido.

– Você me entendeu.

– Sim, Happy. "Nós da ciência" curtimos muito o espaço.

Happy parou de falar por um momento enquanto mudava da faixa central para a faixa da esquerda, ultrapassando um nove-eixos.

– Esse foi meu jeito desastrado de perguntar se esse lançamento tem algo a ver.

– Bem, foi mesmo um desastre, e sim, tem tudo a ver – respondeu Tony. – O satélite orbitará a Terra, como qualquer outro satélite de comunicações. Só que esse, ao entrar em órbita, lançará milhares de nanossondas em todas as direções que viajarão centenas de milhares de quilômetros pelo espaço e colocarão sistemas de sensores em ação.

– Para detectar... – disse Happy, tentando chegar ao que queria saber.

– Qualquer coisa.

CAPÍTULO 10

No campo de testes das Indústrias Stark, em Long Island, Tony e Happy se reuniram com a equipe pequena presente para acompanhar o lançamento do mais novo satélite Stark. Maria Hill estava lá, como supervisora.

O lançamento ocorreu bem do jeito que Tony gostava: chato e indistinto.

– Bem, o que achou? – Tony se virou para Happy.

Happy deu de ombros.

– Era um foguete. Subiu. E agora não o vejo mais. – Ele fitava o céu, com a mão direita protegendo do sol seus olhos estreitados.

Maria riu.

– Você é um sujeito difícil de impressionar – disse. – Acha mesmo que isso funcionará? – perguntou, olhando para Tony.

Ele deu de ombros levemente.

– Saberemos em cerca de um mês. É o tempo que levará para a primeira leva de nanossondas se ativar e chegar a suas posições. Depois disso... mais alguns meses, algumas delas vão levar um ou dois anos.

– O que acha que vai encontrar lá no espaço? – perguntou ela.

Tony ia falar algo, depois fechou a boca.

– O gato comeu sua língua? – ela brincou.

– Nada – disse Tony. – Espero não encontrar nada.

– É muito dinheiro e tempo para se gastar em nada – ela retorquiu.

– O dinheiro é meu. Eu gasto com besteiras se quiser – Tony gracejou.

– Pode mesmo. Mas e se encontrarmos algo? Alguém?

– Aí espero que eles sejam amigáveis – disse Tony, olhando fixamente para o céu.

GUARDIÕES DA GALÁXIA

LIVRO QUATRO

PRÓLOGO

NAVE-M ECLECTOR GK9
    N42U K11554800•520347
    DIA 1

Houve uma época na qual eu não a odiava. Pelo menos, não acho que a odiava. Lembro de... gostar dela. De admirá-la. De precisar dela. Era a única pessoa capaz de saber exatamente a situação que eu vivia. Capaz de sentir o que eu sentia. Capaz de me entender.

Nunca me ocorreu que alguém podia passar pelas mesmas experiências que você, mas acabar com sentimentos completamente diferentes.

Não sabia nada disso nessa época. Mal passei a compreender isso atualmente.

Conforme avanço para minha missão definitiva, meu único propósito real, minha única razão de viver – a meu ver – registro isso para nunca esquecer como é viver uma vida de raiva, consumida pelo ódio, e perder quase tudo ao longo dela... inclusive a mim mesma.

Meu nome é Nebulosa.

E eu odeio minha irmã.

CAPÍTULO 1

Raiva.
    Vivia dentro dela, enchendo-a de determinação. Matizava tudo em sua vida com um vermelho inexorável. Tanta. Raiva.

Pergunte a qualquer um que tenha cruzado seu caminho, e todos dirão a mesma coisa: dizer que ela era cheia de raiva era como dizer que o universo era cheio de estrelas.

Ambas as coisas eram verdade e isso era tudo o que precisava ser dito.

Ponto final. Fim da história.

Só que não era o fim. Não da história dela. Essa só estava começando.

*

Tudo começou de verdade em uma nave.

Nebulosa observava seus arredores com nojo. Tudo na embarcação parecia usado... desgastado... sujo.

Ela tinha desdém por cada segundo que passava algemada a bordo da *Milano*. Mas que... nome sem sentido para uma nave, pensava. Sem dúvida não dava medo.

Que tipo de ser chamaria sua nave de *Milano*?

Peter Quill, era esse o tipo.

O autoproclamado "Senhor das Estrelas".

Ela balançou a cabeça. Como havia acabado ali, sob a custódia daquele... bufão, era incompreensível. Algemada, ainda por cima. Confinada nesse projeto ridículo de nave enquanto sua irmã e os demais entre os chamados Guardiões da Galáxia se preparavam para levá-la ao planeta Xandar, onde ela passaria o resto da vida trancada em uma cela.

Os olhos negros e sem emoção de Nebulosa olharam para a mulher alta e de pele verde diante dela. Gamora. Sua irmã. A expressão em seu rosto parecia sugerir uma... uma determinada emoção. Como... como...

Talvez fosse... ternura? Afeto? Preocupação? Independentemente do que fosse. Ela detestava. Ela não tinha utilidade para nenhuma dessas coisas. Não mais.

Para ela, tudo isso era sinal de fraqueza. E não havia nada que Nebulosa detestasse mais do que fraquezas.

– Sinto muito – disse Gamora depois de uma pausa demorada, levantando a cabeça da irmã. As duas finalmente olharam nos olhos uma da outra.

– Não quero sua piedade – Nebulosa disparou. Sua voz estava agora controlada e calma, em um tom muito diferente do que o acesso de raiva de alguns segundos antes. Ela estava no controle. Sempre no controle.

Quase.

– Então o que quer? – Gamora perguntou.

– Quero que você morra.

– Irmãs – disse Gamora, que então deu as costas e se afastou.

*

– Estou com fome – disse Nebulosa, deixando escapar uma pitada de desespero na voz. Horas haviam passado; ela parou de contar quantas. – Dê-me um pouco da raiz de yaro.

As algemas estalaram sem sair de seus pulsos, agora ligada a um cano que ia até o teto. Ela agora estava confinada no alojamento da tripulação, sendo forçada a ficar em pé até o fim da viagem.

– Não – disse Gamora. – Ainda não está madura. E eu te odeio.

Nebulosa sentiu o sangue ferver nas veias, com as têmporas latejando.

– *Você* me odeia? – disse, sem nem tentar disfarçar o desdém ou repulsa. – Você me deixou lá enquanto roubava a Joia para si mesma. E no entanto, eis você agora. Uma heroína.

A palavra "heroína" entalou em sua garganta. Dava-lhe nojo. Ela não precisava detalhar onde se referia como "lá". Gamora sabia. Era o lugar onda as duas irmãs tinham ficado presas durante as suas vidas inteiras, até que Gamora foi embora e encontrou uma nova família sem sequer olhar para trás por um segundo.

– Eu vou me libertar dessas amarras em breve – Nebulosa continuou. – E vou matar você. Eu juro.

– Não. Você vai passar o resto da vida em uma prisão em Xandar. Desejando ser capaz de me matar.

Nebulosa grunhiu e se debateu com força contra as algemas. Elas não cederam, e ela também não.

CAPÍTULO 2

Irmãos brigam. Talvez não sempre, mas brigam. E quando o tempo passa e as cabeças esfriam, eles pedem desculpas e se reconciliam, deixando o elo familiar ainda mais forte.

Isso não podia ser dito de Nebulosa e Gamora. Quando elas discutiam, ou até sentiam alguma altercação iminente, resolviam da única forma que as duas mulheres conheciam, e a única que compreendiam: cada uma tentava quebrar os dedos da outra.

Nebulosa lembrava de uma dessas "altercações", na época em que ela e Gamora serviam um emissário do pai delas, um guerreiro kree conhecido como Ronan, o Acusador. Nebulosa por toda a sua vida servira a seu pai, assim como Gamora. Infelizmente, seu pai era Thanos, o Titã Louco, um tirano cósmico e mercador da morte. Não se podia ganhar a estima de um ser que nunca estava satisfeito e sempre ficava desapontado.

Nada que Nebulosa fazia jamais agradava Thanos. Ele reforçara isso para ela repetidas vezes. Ela nunca seria boa o suficiente, nunca seria tão boa quanto Gamora.

Desde o momento em que ele colocou ela e Gamora sob as ordens de Ronan, Thanos deixou claro: ele esperava muito de Gamora. Ele esperava que Nebulosa fizesse seu trabalho ou morresse. Nem mais, nem menos.

Então, um dia, ela chegou perto da irmã pelas costas, pegou seu braço esquerdo e o torceu. Com força. Ela agarrou a mão de Gamora, segurando os dedos com uma força cruel.

– Você acha que eu não sei? – ela sibilou. A raiva fervia dentro dela. Sempre fervia.

Gamora se retraiu quando Nebulosa apertou mais forte.

– Você me impediria de ser promovida? – Ela espremeu mais ainda a mão de Gamora, torcendo-a até ouvir um estralo. – Você faria Ronan dizer a nosso pai que apenas Gamora faz seu grande plano avançar!

Nebulosa apertava cada vez mais, quando, de repente, Gamora revidou. Sua mão direita foi ao pulso de Nebulosa, fazendo a mão soltar. Gamora golpeou com a mão de novo, dessa vez acertando Nebulosa com firmeza no peito.

– Eu manteria você viva! – disse Gamora.

Elas se aproximaram, deixando seus rostos a centímetros de distância. Ambas esperavam que a outra atacasse. Nenhuma tinha avançado. Ainda.

– Compaixão? – disse Nebulosa, com a voz jorrando desdém. – O que Ronan diria disso?

– Você me conhece desde que Thanos tirou nós duas de nossos lares quando éramos pequenas – disse Gamora. – Você ficou ao meu lado… durante os treinos, durante as modificações… durante batalhas!

Gamora talvez estivesse tentando ganhar a simpatia dela, pensou Nebulosa. Um gesto pequeno e demasiado tardio.

– Eu fiquei *para trás*, não ao seu lado – ela respondeu, sem ceder. – Sendo que sou uma guerreira tão boa quanto você. – Ela olhou para o rosto da irmã e viu que o que ela dizia a irritava. Ela continuou. – Os berros das *minhas* vítimas ressoam por *todos* os campos.

– Isso é porque você demora tempo demais para matá-las – Gamora respondeu.

A raiva que ardia dentro de Nebulosa virou um inferno.

Com um rosnado selvagem, Nebulosa lançou a mão direita na direção de Gamora, mas a irmã se desviou do ataque, em vez disso pegando-a pelo pescoço com o braço direito. Gamora a colocou contra uma parede apertando a traqueia com a mão. Nebulosa se perguntou se esse era o dia em que, finalmente, Gamora acabaria com sua vida.

Mas ela não era tão ingênua.

Gamora hesitou por um segundo.

Um segundo era tudo o que Nebulosa precisava para soltar-se da irmã, jogando o braço dela para longe.

Gamora parecia prestes a dizer algo. Por um momento, as duas se olharam nos olhos. Nenhuma delas sabia o que estava prestes a acontecer.

Então, Gamora recuou, andando em direção à escuridão.

A discussão acabou tão rápido quanto havia começado.

CAPÍTULO 3

Sem ninguém com quem conversar, Nebulosa foi deixada dentro do alojamento bagunçado da *Milano*, como prisioneira – de sua irmã e de seus próprios pensamentos. Ela não tinha aonde ir e tinha muito tempo para refletir como havia parado ali.

Nebulosa atribuía a culpa de sua situação atual à sua irmã. Se não fosse por ela, deduzia, nada disso teria acontecido. Se Gamora não a tivesse impedido de...

Seus pensamentos foram para a *Aster escuro*, a nave na qual ela e Gamora serviram Ronan. Ronan era um fanático. Um guerreiro kree que seguia as antigas tradições de seu povo com uma devoção fervorosa. Uma dessas tradições antigas incluía a preservação de uma guerra praticamente sem fim contra o povo de Xandar e sua força policial, a Tropa Nova.

Depois de mais de mil anos de luta, os krees e os xandarianos finalmente firmaram um tratado de paz entre seus povos. Foi uma trégua desconfortável, mas foi mantida, para a repulsa de Ronan. Ele ignorou o tratado. Seu ódio por Xandar o levou a medidas mais extremas.

Não bastava para ele atacar colônias e postos avançados, matando gente inocente. Ele queria varrer a infestação xandariana na fonte: destruir o próprio planeta Xandar.

Para atingir esse objetivo, ele fez um acordo com o pai de Nebulosa, Thanos. Havia um objeto que Thanos desejava – o Orbe, um artefato de valor inestimável que abrigava a Joia do Poder. E Nebulosa sabia que quando Thanos desejava algo, ele não aceitava "não" como resposta. Em troca da obtenção do Orbe e da entrega dele para Thanos, o senhor da guerra concordou em ajudar Ronan.

Nebulosa lembrava exatamente como foi o desenrolar disso.

– Ronan – ela dissera, em um tom neutro. – Korath retornou.

Korath era um mercenário kree a serviço de Ronan. Ele tinha sido encarregado de retirar o Orbe de um planeta chamado Morag. E, aparentemente, tinha acabado de voltar com pouco mais do que palavras.

– Meu mestre – Korath disse às pressas ao entrar no gabinete de Ronan a bordo da *Aster escuro*. – Ele é um ladrão! Um fora da lei que se autodenomina Senhor das Estrelas.

Ronan permaneceu impassível, imóvel. Korath continuou, em parte explicando, em parte buscando o perdão.

– Descobrimos que ele tem um acordo para recolher o Orbe para um intermediário conhecido como o Corretor.

O Corretor operava em um local em Xandar. Korath claramente esperava que entregar essa pista ínfima arrefecesse a ira de Ronan.

– Prometi a Thanos que obteria o Orbe para ele – disse Ronan, com a respiração controlada. – Só então ele me dará a destruição de Xandar. Nebulosa! – ele gritou, impulsivo. – Vá a Xandar e me traga o Orbe.

– Será uma honra – disse Nebulosa. Mas antes que pudesse deixar a presença de Ronan e começar sua jornada, outra pessoa falou.

– Será a sua ruína. – Gamora. – Se isso acontecer de novo, você ficará frente a frente com nosso pai e sem o prêmio dele – Gamora disse com calma, diretamente para Ronan.

Nebulosa conseguia sentir sua raiva aumentando. Gamora sempre precisava *vencer*.

Toda vez que surgia uma oportunidade para provar a Thanos quem era mais valiosa, quem era mais capaz, quem era a melhor guerreira – todas as vezes, Gamora tentava se apresentar. Era uma competição sem fim entre as duas. Uma competição com consequências reais e terríveis.

– Eu sou uma filha de Thanos – disse Nebulosa, palavras essas pronunciadas entre dentes cerrados. – Assim como você.

– Mas eu conheço Xandar – Gamora respondeu.

Nebulosa conseguia quase sentir Ronan mudando de ideia.

– Ronan já decretou que eu...

– Não fale por mim! – Ronan esbravejou. Ele tirou seu olhar de Nebulosa e se concentrou exclusivamente em Gamora. – Você não pode falhar.

– Eu já falhei alguma vez? – Gamora disse.

CAPÍTULO 4

NAVE-M ECLECTOR GK9
N42U K11554800•520405
DIA 6

Eu tenho algumas lembranças, sim. A maioria delas é ruim.

Lembro como era ouvir. Ouvir som, propriamente. Em vez de fazer um circuito interpretar o som em algo inteligível.

Sabia que ele substituiu meus ouvidos por causa de uma vez que eu não atendi uma ordem dele?

Uma única vez.

Eu era uma criança. Sozinha, pela primeira vez. Thanos exigiu que eu dissesse meu nome.

Ele me deixava... apavorada. Senti-me impotente. Não conseguia falar.

Ele não repetiu. Em vez disso, ordenou que um de seus vermes sakaaranos abrisse um espaço em meus ouvidos.

Esse foi o último som real do qual tenho memória.

CAPÍTULO 5

Gamora não havia dado notícias desde que havia chegado a Xandar. Logo ficou claro que ela não voltaria. Certamente não com o Orbe.

Ao passo que Nebulosa via as coisas em três dimensões, Ronan só enxergava duas. Então, ele foi pego de surpresa quando a *Aster escuro* interceptou relatórios enviados por transmissão interespacial dizendo que Gamora havia sido capturada pela Tropa Nova em Xandar. Ela foi levada para detenção junto com outros indivíduos.

Nebulosa apontou o relê de comunicações para Xandar e captou a transmissão. Embora não conseguisse ver os policiais da Nova, via a imagem da irmã com nitidez suficiente. Presa, como uma criminosa qualquer. Patético.

– Gamora – dizia a voz do oficial na transmissão. – Modificada cirurgicamente e treinada para ser uma arma viva. Filha adotiva do Titã Louco, Thanos.

"Modificada cirurgicamente", pensou Nebulosa. "Como é fácil reduzir a crueldade de Thanos em duas palavras simples."

– Recentemente, Thanos a emprestou, junto com a irmã, Nebulosa, para Ronan, o que nos faz acreditar que Thanos e Ronan estejam atuando em conjunto.

"Nos faz acreditar..."? Nebulosa se deu conta de que Gamora não havia contado nada para a Tropa Nova. O que significava que eles também não sabiam sobre o Orbe.

O oficial da Tropa continuou.

– Indivíduo 89P13. Diz que seu nome é Rocky. O resultado de experimentos genéticos e cibernéticos ilegais em uma forma de vida inferior.

O Indivíduo 89P13 parecia com... Nebulosa não sabia bem com o que parecia. Um tipo de animal. Diferente de qualquer um que ela tivesse encontrado antes. Ele ficava ereto apoiado nos membros traseiros e vestia roupas. Um animal estranho e peludo.

– O que é aquilo? – disse um dos oficiais quando o outro detido entrou no campo de visão.

– Chamam de Groot – respondeu outro Nova. – Uma planta humanoide que ultimamente viaja com 89P13 como sua planta de estimação e capanga.

Ela observou Groot retirar-se e um humano entrar em seu lugar. Ele tinha cabelo castanho curto, uma barba desleixada e uma jaqueta de couro.

– Peter Jason Quill. Do planeta Terra – disse o oficial. – Criado desde jovem por um bando de mercenários chamados de Saqueadores, liderados por Yondu Udonta.

Nebulosa olhou com repulsa. Ela nunca tinha visto um terrano antes. Com base nesse, eram todos inúteis e indignos de sua atenção.

A transmissão foi interrompida e deixou Nebulosa perguntando-se: para onde a Tropa Nova levaria Gamora? E será que o Orbe estava com ela?

CAPÍTULO 6

Foi simples descobrir para onde a Tropa Nova levaria Gamora e seus cúmplices. Ao hackear o sistema de comunicação da Tropa, Nebulosa descobriu que eles seriam transportados para o Kyln, um presídio xandariano de alta segurança.

Enquanto obtinha essa informação, Nebulosa viu uma transmissão vinda do Santuário. O domínio de Thanos.

— Ligação do papai — Nebulosa comentou para si mesma. — Isso vai ser interessante.

*

Dentro do gabinete enxuto de Ronan a bordo da *Aster escuro*, a imagem transmitida do emissário de Thanos vociferava.

— Você foi traído, Ronan! — ressoou a figura que trajava um manto. O rosto da criatura olhava com desdém para o guerreiro Kree.

— Só sabemos que ela foi capturada — disse Ronan, tentando manter a compostura. — Gamora ainda pode pegar o Orbe.

Recolhida em um canto, Nebulosa olhava, parada. "Ronan deseja mostrar a meu pai que ele está no comando", pensou, achando graça. "Não precisava se dar ao trabalho."

— Não! — gritou o emissário. — Nossas fontes no *Klyn* dizem que Gamora tem planos próprios para o Orbe.

"Então ela está mesmo com ele", ela pensou. "Escondido em algum lugar, no Kyln?"

— Sua parceria com Thanos está em risco.

Ronan olhou para o emissário com uma fúria incontrolável.

— Thanos exige sua presença. Agora!

A transmissão se encerrou. Em seu lugar, uma luz brilhante apareceu, que ficou mais alta e larga dentro de alguns segundos. A luz logo se limitou ao contorno de uma circunferência. Dentro do círculo, Nebulosa via as estrelas e asteroides que identificavam o domínio de Thanos. Ronan lançou um olhar severo para Nebulosa, convocando-a para ficar ao seu lado.

Os dois atravessaram o círculo brilhante e entraram no Santuário.

Assim que os seus pés chegaram ao terreno rochoso de um asteroide, atrás deles, o portal brilhante se dissipou. À frente deles havia uma pequena estrutura de pedras que parecia uma arena. O emissário de Thanos se pôs de lado. Atrás dele, um trono enorme flutuava pouco acima do chão. Embora o trono estivesse virado na direção oposta, Nebulosa sabia muito bem que Thanos estava sentado nele.

Esperando.

Ronan se aproximou do emissário enquanto Nebulosa foi para uma das laterais e se sentou em um pedregulho. Abrindo uma placa em seu braço esquerdo, ela olhou para dentro dele, para os circuitos e fios. Ela pegou uma ferramenta laser no bolso e começou a fazer ajustes no braço enquanto esperava que o emissário de Thanos falasse.

– Com todo o respeito, Thanos, sua filha fez essa bagunça, mas sou eu quem você convoca.

Imediatamente, Nebulosa lançou um olhar fulminante para Ronan. Ele falou primeiro. Ela conhecia o protocolo para lidar com o pai dela. Falar quando lhe dirigiam a voz, e nunca antes disso.

Como era de se esperar, o emissário se encolerizou.

– Eu falaria mais baixo se fosse você, Acusador!

Antes que o emissário pudesse dizer qualquer outra coisa, Ronan disse:

– Primeiro, ela perdeu uma luta contra um primitivo qualquer.

– Thanos deixou Gamora sob seus cuidados! – o emissário gritou.

Ronan pareceu não perceber, ou não se importar.

– Depois, ela foi capturada pela Tropa Nova – disse, calmo.

Nebulosa olhava para seu braço e escutava enquanto consertava um interruptor de energia em seu antebraço. "Papai não vai gostar disso", pensou.

– Você é quem está aqui sem nada para apresentar! – rugiu o emissário.

O Acusador se virou para o emissário, liberando sua fúria.

– Suas fontes dizem que ela pretendia nos trair desde o começo! – gritou.

– Modere o seu tom – alertou o emissário.

Nebulosa ouvia, levantando o olhar para ver o que aconteceria em seguida. Ela viu Ronan soltar uma rajada de força com a arma que tinha em mãos. O ataque acertou em cheio o rosto do emissário, que caiu.

– Peço apenas que leve essa questão a sério – disse Ronan, certo de que tinha exposto seu ponto de vista com clareza.

"Papai não vai gostar *nada* disso", pensou Nebulosa, balançando a cabeça.

Aos poucos, o enorme trono começou a virar-se, revelando a figura tremenda e corpulenta de Thanos. Sua pele era como pedra, e havia chamas em seus olhos. Ele abriu sua mandíbula enrugada lentamente enquanto se curvava para a frente. Enfim, começou a falar.

– A única questão que eu não levo a sério, *rapazinho*, é você.

Ronan de repente se calou. Nebulosa não se surpreendeu.

– Sua politicagem me entedia – Thanos continuou. Ele era tão grande que fazia o trono em que se sentava parecer pequeno. – Sua conduta é de uma criança chorona. E, aparentemente, você se indispôs com a minha filha favorita, Gamora.

"Como era de se esperar", pensou Nebulosa enquanto rolava os olhos negros. Típico de seu pai nunca perder uma chance de lembrar-lhe que ela era menos. Não tão boa.

– Honrarei nosso acordo – disse Thanos – se você trouxer o Orbe.

Ronan aguardou com expectativa. Nebulosa sabia exatamente o que viria em seguida.

– Mas volte aqui de mãos vazias de novo – disse Thanos, com um tom notavelmente neutro – que banharei a escadaria com seu sangue.

Thanos se recostou no trono. Estava claro que a sessão havia terminado. Nebulosa fechou o compartimento do braço e saiu do pedregulho onde estava sentada.

– Obrigada, papai – disse. – Parece justo. – Isso não era novidade para ela.

Ronan permaneceu ali, paralisado, sem saber o que fazer. Nebulosa caminhou em sua direção.

– Essa é uma briga que você não ganhará – sussurrou quando ficou próxima de Ronan. – Vamos para o Kyln – disse em seguida, tentando soar o mais indiferente possível.

CAPÍTULO 7

NAVE-M ECLECTOR GK9
N42U K11554800•520428
DIA 11

Eu o chamava de "Papai".
Dizia isso como zombaria.
Não devia ter feito isso.
Um pai é alguém que cuida de você.
Ele não cuidou de mim.
Eu era uma ferramenta. Algo para se usar quando convinha para seus objetivos.
Talvez... acho que o chamava de "papai" como uma forma de rebelião. Zombando dele em silêncio, em palavras baixas que só eu ouvia. Em minha cabeça. Em segurança.
Thanos não tinha como tirar isso de mim.
Mas agora vejo que o chamar de "papai", ainda que em zombaria, era errado. Até mesmo fazer isso era compactuar com a versão distorcida de Thanos da verdade.

CAPÍTULO 8

Mas quando a *Aster escuro* emergiu do subespaço e chegou ao Kyln, era tarde demais. Gamora e seus aliados já haviam fugido havia muito.

– Status. – Nebulosa ouviu uma voz vinda de seu comunicador. Ronan.

– Sem energia. Sem gravidade. Eles devem ter derrubado a rede elétrica – Nebulosa respondeu.

– Restaure as duas – Ronan ordenou.

Nebulosa flutuou pelo corredor, empurrando as paredes em ziguezague para lançar-se para a frente, até chegar a uma pequena estação de trabalho próxima à área principal do presídio. Localizando um painel de controle, ela começou a restaurar a gravidade artificial da prisão e pelo menos a energia essencial. Objetos que flutuavam agora iam de encontro ao chão duro de metal.

Enquanto operava os controles, ela acessou os dados da última hora para ver o que ocorrera no Kyln. De algum modo, Gamora e seus companheiros haviam tomado o controle da torre de vigia na área mais protegida da prisão.

Os prisioneiros haviam basicamente usado a própria prisão contra seus captores.

Ao pisar na área de detenção principal, Nebulosa viu seres incapacitados com macacões laranjas espalhados por toda a parte. Prisioneiros.

Havia também os oficiais da Tropa Nova, os guardas. Eles tentavam recolher os prisioneiros e colocá-los de novo dentro das celas.

Enquanto Nebulosa olhava, Ronan e muitos de seus lacaios chegaram em massa à área de detenção principal. Imediatamente, começaram a interrogar os prisioneiros e a Tropa Nova, tentando encontrar uma pista do destino de Gamora.

Ninguém sabia de nada. A ameaça – e realização – de lesões corporais não fez ninguém falar, pois ninguém tinha nada para dizer. Pelo menos nada que tivesse valor para Ronan.

– Eu juro! – gritou um membro da Tropa Nova. – Não sei aonde foram! Eu juro!

Nebulosa suspirou. Ela tinha a cabeça do oficial envolvida por duas lâminas, apertando-as contra o pescoço dele.

– Se ele soubesse onde estavam, já teria contado – ela disse, frustrada. Eles não estavam chegando a lugar algum. – Ronan... – ela tentou novamente persuadi-lo. De repente, parou para ouvir algo. Ela estava recebendo uma mensagem da *Aster escuro*. Má notícia.

– A Tropa Nova enviou uma frota para defender a prisão – ela avisou. A *Aster escuro* detectara a tropa iminente de guerreiros xandarianos. Eles tinham apenas alguns minutos antes que o Kyln estivesse apinhado de membros da Tropa Nova.

– Bem, se é assim – Ronan disse, tirando sua atenção de Nebulosa. – Mandem necronaves para cada canto do quadrante. Encontrem o Orbe. Façam o que for necessário. A qualquer custo.

– E este lugar? – Nebulosa perguntou, olhando ao redor do Kyln.

– A Tropa não pode saber o que temos em mente – explicou. – Limpe tudo.

Nebulosa trabalhava com Ronan há tempo suficiente para saber o que ele queria dizer com "limpar". Os prisioneiros e guardas não faziam ideia.

Mas logo descobririam.

CAPÍTULO 9

NAVE-M ECLECTOR GK9
N42U K11554800•520471
DIA 15

Eu não tive prazer em fazer o que fiz no Kyln. Aqueles prisioneiros... eles não escolheram fazer parte de minha... obsessão por minha irmã. Eles foram pegos no fogo cruzado.
Eu poderia ter feito algo. Talvez? Tê-los poupado. Tê-los salvado. É estranho. Nunca senti remorso por minhas ações antes.
Talvez ter sido aprisionada pelos Soberanos tenha alguma relação. Quando fui prisioneira deles, pensei... O que aconteceria se fizessem comigo o que fiz com os detentos do Kyln?
Teriam a mesma frieza e insensibilidade que eu tive?

CAPÍTULO 10

Nebulosa ficou o mais ereta que conseguia, esticando-se, e curvou as costas. Ela ainda estava algemada ao cano dentro do alojamento da tripulação. Não tinha como se sentar. Estava cansada, irrequieta. E com fome.

Ela ouviu uma confusão vinda do convés de pilotagem acima dela. A voz estrondosa do homem coberto de tatuagens, que chamavam de Drax, estava gritando algo para Quill.

Algo relativo aos Soberanos. Ela riu com amargor.

Após o incidente com o Orbe, Nebulosa percebeu que para que ela pudesse viver de fato, Thanos precisava morrer. Para realizar esse feito, ela precisaria de armas. Para adquirir armas, ela precisaria de dinheiro. Essa busca a levou ao planeta natal dos Soberanos. As baterias Anulax eram conhecidas como uma das fontes de energia mais puras e potentes. Se ela conseguisse roubar algumas, isso certamente equivaleria a uma quantia respeitável no mercado negro.

Porém, é claro que Nebulosa não contava com a própria captura.

Com o metal frio do que agora era sua mão esquerda, ela tocava no pulso direito. Seu toque era surpreendentemente delicado. Ela fez uma careta ao olhar para baixo, para a algema que apertava seus músculos. Quando Gamora colocou os grilhões nela, os apertou demais. Como se soubesse que doeria e quisesse que Nebulosa sofresse.

É claro que ela sabia que doeria. Típico de sua irmã. Sempre tentando provar algo.

Sua fome e a tigela com raiz de yaro que ainda não estava madura a lembraram de um incidente de infância. Nebulosa era uma pessoa diferente nessa época.

Isso havia sido anos atrás. Quando ela era apenas uma criança. E Gamora também. Thanos havia "adotado" as duas fazia pouco tempo. Suas famílias tinham sido mortas, e as duas meninas foram pegas por Thanos para passarem o resto da vida servindo-o. Sem saber ao certo qual era seu lugar, ou sequer se sobreviveriam, as duas tentaram dar apoio uma à outra, defendendo-se mutuamente. No começo.

Mas Thanos não deixaria isso acontecer. Ele mantinha seus filhos brigando, antagonizando uns aos outros. Desde cedo, Thanos decidiu que sua estratégia de "educação" consistiria em duas coisas: a ameaça de punição a quem fracassasse, e a promessa de recompensa a quem tivesse sucesso... ou punisse os outros. Então ele jogava uma filha contra a outra, em uma série de competições intermináveis. Não importava se o pretexto era treinar para uma batalha, aprender as técnicas de assassinato mais letais ou entender como usar armas exóticas, Thanos encontrava uma maneira de forçar as meninas a lutarem entre si.

Era a sobrevivência da mais apta. As garotas temiam Thanos e tinham medo uma da outra.

Em uma dessas ocasiões, as duas foram forçadas a lutar repetidas vezes ao longo de três dias. Durante esse período, elas só tinham direito a uma porção racionada de água em intervalos regulares e a meia hora de sono por dia. Mas não a comida.

Conforme a luta se prolongava e um dia se arrastava até o próximo, as duas meninas ficaram cada vez mais cansadas, com os corpos exaustos. Precisavam de comida urgentemente.

Em seguida, três dias viraram quatro. E depois cinco.

Finalmente, no sexto dia, Thanos prometeu que as garotas teriam alimento. Para ser mais preciso, uma delas teria. Ele decretou que quem ganhasse a batalha daquele dia teria o pedaço de uma raiz de yaro.

Não uma raiz de yaro inteira. Só um pedaço.

Mas isso era incentivo suficiente para fazer despertar na jovem Nebulosa uma fúria ardente. Ela atacou a irmã com tanta ferocidade que até ela própria se surpreendeu. Nebulosa lutou como um demônio possuído, sem nunca dar trégua.

Mesmo jovem, Gamora era uma guerreira competente, dando sinais do esplendor que um dia conquistaria. Mas aquele dia pertencia a Nebulosa. Ela foi implacável, até que, enfim, Gamora caiu diante dela.

Com a irmã a seus pés, Nebulosa ficou dividida. Por um lado, ela havia derrotado a irmã e conquistado a recompensa prometida pelo pai. Por outro, ela se sentia mal por Gamora. Ambas estavam famintas. Nebulosa decidiu que dividiria o pedaço de raiz de yaro com Gamora.

Foi então que Thanos falou com Nebulosa, ordenando que ela aplicasse um golpe fatal. Ela não tinha certeza do que fazer. Sentia compaixão pela irmã, mas sabia que desafiar seu pai despertaria a ira dele. Então, ela ergueu a arma e, quando estava prestes a atacar, Thanos pegou sua mão.

– Muito bem – ele disse. Pela primeira vez desde que esteve sob os cuidados de Thanos, Nebulosa sentiu que havia conquistado algo. Feito algo que deixasse seu pai orgulhoso.

Até que ela percebeu que Thanos não falava com ela.

– Levante-se, Gamora – disse. – Você deve estar com fome. – Em seguida, deu a ela não um pedaço da raiz de yaro, mas a raiz inteira.

Nebulosa, parada onde estava, ficou desorientada.

– Mas pai. Eu ganhei.

– Ganhou mesmo? – Thanos perguntou. – Você foi fraca. Branda. Teria deixado Gamora viver. Se os papéis estivessem invertidos, Gamora não pensaria duas vezes antes de matá-la. Que isso lhe sirva de lição. – Thanos disse por sobre o ombro enquanto se afastava com Gamora, que mastigava satisfeita a raiz. – O universo é injusto. Frio. Implacável. É melhor que você se lembre disso.

Gamora aparentemente tinha aprendido a agir como o pai. Ela em nenhum momento olhou para trás, para Nebulosa, caída no chão frio em estado enfraquecido. Nem ofereceu uma mordida da raiz de yaro que não havia merecido.

Nebulosa ficou deitada no chão, convulsionando de fome, e xingou a si mesma por sua fraqueza. Havia aprendido muito bem a lição de Thanos naquele dia.

Aprendeu tão bem, inclusive, que havia ficado igual ao universo.

CAPÍTULO 11

Ela havia abraçado a raiva, deixado que a preenchesse o tempo todo. Que guiasse todas as suas ações e caracterizasse todas as suas decisões. Esse seria seu alimento, que a nutriria durante todas as provações e sofrimentos de sua infância. Conforme ela amadurecia, e as competições entre ela e Gamora ficavam mais sanguinolentas, Nebulosa canalizava essa raiva, que a levava a ações tão selvagens e brutais que ela mal reconhecia a pessoa na qual havia se tornado.

Ela só se importava em ganhar. Não, não apenas em ganhar. Em sobreviver.

A bordo da *Aster escuro*, eles vasculhavam a galáxia em busca de sinais do Orbe. Após deixar o Kyln, Ronan espalhou seus lacaios em busca do artefato. Até aquele momento, eles não haviam encontrado nada.

– Você já considerou *por que* Thanos deseja o Orbe? – Nebulosa perguntou a Ronan.

O guerreiro kree fitava o espaço. Ele não se virou para olhar para Nebulosa.

– Não cabe a mim considerar – Ronan respondeu. – Faço o que preciso fazer, de modo que Thanos cumpra a sua palavra.

Nebulosa deu um tapinha em seu antebraço esquerdo.

– Entendo – disse. Outros haviam servido a seu pai antes. Poucos o fizeram por muito tempo.

*

Então, algo estranho aconteceu. A *Aster escuro* recebeu uma transmissão vinda de Lugarnenhum. Um posto avançado galático que fora construído dentro da cabeça decapitada de um ser colossal conhecido como um dos Celestiais, Lugarnenhum era o lar de alguns dos elementos mais infames da galáxia. O posto era um canteiro de atividades ilegais, apostas e muito mais.

E, se a transmissão era indicativo de algo, ele no momento abrigava um indivíduo furioso e tatuado de nome Drax.

– Ronan! – gritava o homem na transmissão. – Venha a Lugarnenhum encontrar a própria morte!

Nebulosa olhou interessada enquanto Ronan inclinava a cabeça, curioso.

Ronan se virou para ela.

– Esse é o homem que os prisioneiros no Kyln descreveram – ela disse. – O que ajudou Gamora a escapar. Se ele está em Lugarnenhum, ela também está lá.

– Portanto, o Orbe está lá – ele respondeu. – Convoque a todos. Vamos para Lugarnenhum.

*

A frota desceu pelo mundo escuro e imundo de Lugarnenhum, e os transeuntes nas ruas fugiram correndo.

Menos um.

Nebulosa viu a rampa da nave de Ronan abrir-se para a rua. Ela foi atrás dele, observando o homem tatuado chamado Drax à frente deles.

– Ronan, o Acusador! – Drax proclamou. Ele brandia uma lâmina grande em cada mão.

O guerreiro kree seguiu em frente, com a cabeça ligeiramente virada, mirando Drax. Seu olhar era resoluto.

– Foi você quem transmitiu a mensagem? – disse.

– Você matou minha esposa – afirmou Drax, enchendo o peito. – Matou minha filha!

Anos antes, Nebulosa talvez tivesse sentido pena de Drax. Naquele momento, não sentia nada. Porque tinha visto sua irmã.

Ali, a distância, atrás de Drax, estava Gamora. Sua irmã entrou em uma cápsula mineradora – um veículo pequeno e redondo – e disparou para os céus, acompanhada de duas outras cápsulas.

Nebulosa ferveu de raiva.

– É Gamora! – ela disse, interrompendo Ronan. – Ela está fugindo, com o Orbe!

– Nebulosa – Ronan disse enquanto Drax iniciava seu ataque. Ronan mal parecia perceber, desviando dos golpes do sujeito tatuado com facilidade. – Obtenha o Orbe.

Ela convocou os lacaios de Ronan para ficar ao seu lado e voltou à nave. Decolando enquanto Ronan continuava sua batalha bastante desigual contra Drax, ela foi aos céus em busca das três cápsulas mineradoras.

Nebulosa fez uma varredura nos veículos. O sinal de energia vindo da cápsula mais distante era de uma intensidade quase aterrorizante, e ela sabia o motivo. O sinal vinha do Orbe. Uma Joia do Infinito. Um objeto de poder imenso, era uma das seis Joias do tipo que existiam. Thanos desejava as Joias mais do que tudo. Estava disposto a devastar planetas para encontrá-las.

– A Joia está na cápsula mais distante – ela disse, sem nunca tirar os olhos da nave individual de Gamora. – Derrube-a! – ordenou.

Os caças que flanqueavam a nave abriram fogo.

CAPÍTULO 12

NAVE-M ECLECTOR GK9
  N42U K11554800•520474
  DIA 23

Eu queria cumprir a missão. Pegar a Joia. Para Thanos. E queria que ela morresse.

Atirei nela sem hesitação. Ordenei que outros também o fizessem.

Matá-la não resolveria nada. Percebo isso agora.

Não faria meu pai me aceitar.

Então... muito depois... depois do incidente com os Soberanos... quando eu fui prisioneira de minha irmã... soube como era ser o alvo dos tiros.

E não gostei.

CAPÍTULO 13

BUM.

A *Milano* de repente começou a chacoalhar com violência, dando um solavanco em Nebulosa. Cada agito da nave mandava Nebulosa para um lado e para o outro e todas as vezes ela era puxada pela algema no pulso direito, afundando ainda mais nele.

Disparos de laser castigavam o casco, e Nebulosa se encolheu quando um tiro abriu um buraco no bombordo da nave. Houve uma explosão. Considerando toda a gritaria e confusão no convés de pilotagem, Nebulosa supôs que Quill era quem estava guiando. Ela concluiu que ou ele era um piloto horrível que acabaria matando todos eles ou era extremamente competente, fazendo o melhor que podia para evitar esse fim.

Conforme a batalha seguia, Nebulosa percebeu que estava diante de um conflito do qual ela não podia participar. Algo em que toda a sua sagacidade, ferocidade e proficiência como guerreira não a ajudariam. Tudo o que ela podia fazer era ficar ali parada, desamparada, e ser jogada para os lados junto com a nave.

Essa noção a deixava com certo pavor. Ela não conhecia nada na vida além de labutar em nome de Thanos e esforçar-se para substituir sua irmã nos olhos do pai. Ter tudo isso varrido, ser negada qualquer chance de acertar as contas com Gamora, perder a oportunidade de que seu pai e sua irmã finalmente a vissem como uma igual, despertou outro sentimento em Nebulosa que ela jamais havia esperado: tristeza.

"Que motivo tenho eu para ficar triste?", ela pensou. Fazia tanto tempo desde a última vez que ela se sentira assim, se é que se lembrava de verdade de quando foi. Não sentia isso desde que era pequena.

*

— Você só tem que rolar colocando a cabeça para dentro, é bem fácil – disse Gamora.

A jovem concluiu sua demonstração dando uma cambalhota, com a cabeça curvada. Ao concluir a cambalhota ela se colocou de pé no mesmo movimento, segurando uma lâmina longa com as duas mãos. Ela fez um corte pela direita, depois outro pela esquerda.

Nebulosa olhou, emburrada. Ela chutou uma pedra com o pé direito.

— Para você, é fácil – ela disse, petulante. – Se eu tentar e sair errado...

— Não vai sair errado – Gamora interrompeu, deixando a lâmina no chão. – Eu te ajudo.

Elas estavam no Santuário, treinando na superfície rochosa de um asteroide. Parecia que fazia meses desde o dia em que as duas passaram a morar ali, desde que começaram a chamar Thanos de pai. Na realidade, provavelmente só fazia alguns dias. O tempo passado na companhia de Thanos de algum modo parecia uma eternidade.

— Por que você me ajudaria? – Nebulosa perguntou. – Thanos...

— Nosso pai – corrigiu Gamora.

— Nosso pai quer que uma de nós derrote a outra. Deveríamos ser oponentes, não amigas.

— Oponentes, amigas – Gamora disse, descartando o comentário com um gesto de mão. – Somos antes de tudo irmãs. Vou cuidar de você.

Nebulosa, com um sorriso discreto e tímido, perguntou:

— Sempre?

— Sempre. Agora, mostre-me a cambalhota.

CAPÍTULO 14

N *AVE-M ECLECTOR GK9*
N42U K11554800•520474
DIA 23

Não penso naquele momento faz anos. Talvez nunca tenha pensado nele.

Talvez seja a única memória feliz que tenho da minha infância. O único momento que eu poderia de fato chamar de "infância".

Foi uma das pouquíssimas vezes que eu e Gamora interagimos de um modo que não envolvesse algum tipo de competição. Ou dor.

Thanos viu cada segundo disso. Ele garantiu que momentos assim não ocorressem mais.

CAPÍTULO 15

Nebulosa xingou. Ela queria pôr um fim a isso, imediatamente, ali mesmo. Gamora seguiu voando na cápsula mineradora, deixando para trás os caças sakaaranos que acompanhavam Nebulosa. Mesmo sem ter armas, a cápsula era praticamente indestrutível. Conseguia aguentar ataques. Mais do que isso, a cápsula podia permanecer inteira após atravessar praticamente qualquer coisa.

Como outras naves, por exemplo.

Os companheiros da Gamora – Quill e o roedor – pilotavam as outras duas cápsulas e causavam a destruição dos caças de Ronan. Uma das cápsulas foi rolando na direção das naves, atravessando uma após a outra, destruindo-as com uma velocidade estonteante.

Toda vez que Gamora escapava de seus ataques, toda vez que a cápsula mineradora sobrevivia a mais um tiro, Nebulosa sentia seu pulso acelerar. Suas chances de deter Gamora e capturar o Orbe estavam minguando; a janela estava se fechando. Se Gamora escapasse, isso significaria uma punição horrível pelas mãos de Thanos.

Finalmente, Nebulosa começou a cobrir a distância entre ela e a cápsula mineradora de Gamora. Aos poucos, mas com regularidade, a nave se aproximava, até que Gamora ficou em distância de tiro. Ela ligou o comunicador da nave, aberto para todas as frequências.

– Você é uma decepção, irmã – Nebulosa disse, com peçonha na voz. – De todos os nossos irmãos, você é quem eu odiava menos.

Ela nem tinha pensado em seus outros irmãos fazia anos. Ficara tão fixada em Gamora por tanto tempo que quase havia esquecido que eles existiam.

Houve um momento de silêncio; em seguida, Nebulosa ouviu a voz de Gamora.

– Por favor, Nebulosa – ela começou. – Se Ronan puser as mãos na Joia... ele matará todos nós!

– Nem todos – Nebulosa respondeu. – Você morrerá antes disso.

Sem dizer mais nada, Nebulosa liberou um único tiro na cápsula mineradora de Gamora. A rajada acertou a nave menor, que se abriu numa bola de fogo. A nave se desfez em pedaços. Nebulosa fitou o espaço, vendo o corpo aparentemente sem vida de Gamora flutuando no éter.

Ela estava morta, Nebulosa disse a si mesma.

E não sentiu nada.

Junto com os restos da nave de Gamora, ela detectou o Orbe, flutuando no espaço. Ela mirou nele com um raio trator e trouxe o prêmio para Thanos a bordo.

– O Orbe está sob minha posse, conforme prometido – Ronan anunciou posteriormente para o semblante rachado de Thanos, disposto em uma tela enorme.

– Traga para mim.

Novamente a bordo da *Aster escuro*, Nebulosa supôs que eles levariam o Orbe imediatamente para seu pai, cumprindo a parte de Ronan no acordo fatal deles. Ela supôs mais do que deveria.

– Sim – continuou Ronan. – Esse era nosso acordo. Levar o Orbe até você – disse, pegando o artefato das mãos de Korath –, para que você destruísse Xandar para mim.

Ronan circulava pelo cômodo, segurando o Orbe na mão direita, fitando-o com avidez.

– Contudo, agora que eu sei que ele contém uma Joia do Infinito, pergunto-me que utilidade eu tenho para você.

Nebulosa de repente percebeu que ela sequer veria seu pai. Pois Ronan acabara de declarar guerra contra Thanos.

– Rapazinho – gritou Thanos, com raiva crescente –, eu repensaria seu curso de ação atual!

Sem dizer nada, Ronan girou os dois hemisférios do Orbe, revelando a Joia do Infinito brilhante dentro dele.

– Mestre! – Korath berrou, com a voz cheia de pânico. – Não pode fazer isso! Thanos é o ser mais poderoso do universo!

A súplica de Korath entrou por um ouvido e saiu por outro. Ronan olhava fixamente a Joia do Infinito, extasiado.

– Não mais – ele declarou. Com um único movimento, ele mergulhou os dedos na Joia do Infinito e a retirou do artefato. A Joia parecia incrustrada em sua mão. Energia jorrava da Joia, e o chão começou a pulsar com um brilho sobrenatural ao redor dele.

Nebulosa observava. Ela inclinou a cabeça. Ela não tinha medo. Não de Ronan. Estava curiosa. Curiosa com o que aconteceria a ele se sobrevivesse a isso e com o que seu pai faria a ele por esse ato de rebeldia.

Thanos olhou da tela para Ronan, que ordenava a Korath que lhe desse sua arma. Korath a entregou e Ronan encarou Thanos, regozijando. Em seguida, bateu com força a palma da mão esquerda na cabeça da Arma Universal, encaixando a Joia do Infinito em sua lateral.

– Chama-me de "rapazinho"? – trovejou Ronan. – Eu liberarei mil anos de justiça kree em Xandar... e a queimarei por completo!

Nebulosa permaneceu em silêncio e imóvel.

– Depois, Thanos – ele acrescentou –, irei atrás de você.

Não houve resposta do Titã. A tela simplesmente se apagou.

– Depois de Xandar – ela disse, com incerteza na voz –, você pretende matar meu pai?

– Você ousa se opor a mim? – Ronan rugiu.

Nebulosa balançou a cabeça. Ele não a entendia.

– Você viu o que ele fez de mim – ela respondeu. – Se você matá-lo, eu o ajudarei a destruir inúmeros planetas.

CAPÍTULO 16

Conforme a *Aster escuro* entrava na órbita de Xandar, Nebulosa contemplava o mundo azul abaixo dela.

Ela havia esquecido como era ter esperança, se é que ela um dia soube como era. Mas agora que Ronan possuía a Joia do Infinito, ele estava prestes a cumprir seu próprio destino: destruir Xandar. Nebulosa não se importava com esse planeta ou seus habitantes. Era o objetivo seguinte no plano de Ronan que agora povoava todos os seus pensamentos.

A destruição do próprio Thanos. Se Ronan confrontasse Thanos, utilizando o poder inconcebível da Joia, não havia forma de o Titã sobreviver.

O que antes era um sonho secreto jamais compartilhando com ninguém estava próximo de virar realidade.

Um alerta soou e Nebulosa retomou a atenção. Ela viu o radar e identificou o problema: vários alvos se aproximavam rapidamente da *Aster escuro*. As naves não haviam decolado de Xandar. Elas emergiram do subespaço, logo atrás da nave de Ronan.

Nebulosa começou uma varredura rápida dos recém-chegados.

– Uma frota se aproxima – ela disse. – Parecem ser Saqueadores.

Sabia-se que os Saqueadores eram associados do Senhor das Estrelas. Sucateiros intergalácticos. Ladrões. Nebulosa sabia que não eram gente honrada, e que também não eram uma ameaça significativa para alguém como Ronan. Se, de algum modo, os Saqueadores conseguissem impedir que Ronan chegasse à superfície de Xandar, então seu plano ruiria.

E Thanos continuaria vivo.

Para que o plano de Ronan funcionasse, a Joia do Infinito precisava tocar a superfície física de Xandar. Depois que isso acontecesse, toda a vida no planeta deixaria de existir. Plantas. Animais. Pessoas. Tudo eliminado em um piscar de olhos.

Ronan se sentou calmamente em sua cadeira, olhando impassível pela janela enorme enquanto uma onda de caças dos Saqueadores veio voando para atacar.

Os caças soltaram dois tiros de plasma flamejante na *Aster escuro*. Nebulosa assistiu às rajadas voarem em direção à nave. Os disparos tiveram mira certeira. Não havia como evitá-los. Preparando-se para o impacto, ela ficou surpresa quando os tiros de plasma colidiram. A vista da janela foi obstruída por uma explosão de fogo ardente.

Nebulosa esperava que o casco fosse rompido, mas o fogo logo dissipou. Ela supôs que os tiros de plasma haviam colidido com os escudos invisíveis da *Aster escuro*. E, conforme a explosão sumia, Nebulosa pôde vê-los. Os Saqueadores e a *Milano*, voando abaixo da *Aster escuro*. Eles haviam se unido, como ela temia.

Ela apertou o aparelho de comunicação em sua orelha esquerda e berrou uma ordem.

– Todos os pilotos: mergulhar! Eles estão abaixo de nós!

A batalha aérea pelo destino de Xandar havia começado.

– Propulsão para a frente, agora! – Nebulosa comandou. Os lacaios de Ronan operaram os motores da *Aster escuro* e a nave despertou com um rugido.

O que Nebulosa não sabia – e não tinha como saber – era que o roedor que vinha acompanhando Quill, o híbrido genético ridículo, liderava uma equipe de saqueadores que, naquele momento, abria um buraco no casco da *Aster escuro*.

Foi então que ela viu. A *Milano*. Ela vinha de encontro à *Aster escuro*. Seu avanço era veloz, mas depois sumiu de vista. Em seguida a *Aster escuro* balançou de repente, como se algo houvesse colidido nela. Posteriormente, ela viria a descobrir que o buraco que os Saqueadores fizeram na nave virou uma plataforma de pouso para a *Milano*.

Tudo o que ela sabia naquele momento é que a nave estava sendo invadida por Peter Quill e seus amigos.

Mais um desafio para se encarar, pensou Nebulosa. Pelo menos sua irmã, Gamora, não estaria entre eles. Ela havia visto com os próprios olhos Gamora morrer no vácuo sem ar acima de Lugarnenhum.

Ao menos ela tinha essa vitória.

– A lateral estibordo foi comprometida! – Nebulosa gritou para Ronan. A urgência em sua voz surpreendeu até ela mesma. – Intrusos a bordo!

– Continuem o avanço – comandou Ronan, levantando-se de seu assento, mas mantendo o tom neutro. Em sua mão direita, segurava o martelo imenso que agora servia de receptáculo para a Joia do Infinito.

– Mas a Tropa Nova está atacando!

– Nada disso importará depois que chegarmos à superfície – Ronan respondeu, com frieza.

Nebulosa não partilhava da confiança de Ronan. Ela viu que ele não resolveria a questão com as próprias mãos... então tratou de fazer isso.

– Tranquem as portas de segurança – ela ordenou aos lacaios de Ronan. – Agora!

Um segundo antes de as portas se fecharem, Nebulosa gritou para os lacaios.

– Saiam da minha frente! – Ela correu pelas portas, decidida a salvar o próprio futuro.

CAPÍTULO 17

De volta à *Milano*, Nebulosa pensava em sua inabilidade de salvar a própria vida. Era um balde de água fria.

Seja lá o que acontecia no convés de pilotagem da *Milano*, e do lado de fora da nave, estava muito pior do que antes. As explosões do lado de fora estavam mais frequentes e muito mais próximas. Para piorar, a discussão petulante sem fim no convés continuava. Pareceu-lhe incrível que, mesmo com todo o ruído do lado de dentro e de fora, ela ainda conseguia ouvir Quill gritando com o roedor, e o roedor gritando em resposta.

– São idiotas – ela disse em voz alta. Não havia ninguém para ouvi-la.

Nebulosa percebeu que, apesar do antagonismo interminável entre elas, Gamora sempre havia sido a única presença constante em sua vida. Mas depois ela fugiu para formar uma nova família, e foi como se Nebulosa tivesse parado de se importar.

Nebulosa foi jogada para trás quando algo bateu na *Milano*. Não ficou claro de imediato com o que haviam colidido. Era uma nave? Um asteroide? Nebulosa não tinha como saber de onde estava.

E ela não teve tempo para suposições. Um segundo depois, o impacto revelou o dano que causara, quando uma seção da popa da *Milano* se separou da nave. Nebulosa foi puxada para trás conforme o vácuo do espaço fazia o máximo que podia para fazer com que ela se juntasse à parte arrancada, sendo as malditas algemas a única coisa mantendo-a presa à nave… e à vida.

As algemas afundaram ainda mais em seus pulsos, e Nebulosa berrou de dor. Parecia que seu braço direito seria arrancado do ombro. Isso aconteceria muito antes de o braço cibernético se desfazer.

Também havia o oxigênio.

Ou melhor, não havia.

Graças à descompressão explosiva, todo o oxigênio disponível foi tirado do alojamento da tripulação. Nebulosa arquejou, mas não havia nada o que inspirar.

De repente, um campo de energia amarelo apareceu, selando o buraco enorme na popa da nave. A atmosfera voltou ao alojamento, e Nebulosa caiu no chão desajeitada, pendurada pelas algemas. Ela inspirou até encher os pulmões de oxigênio.

– Idiotas! – ela gritou.

CAPÍTULO 18

NAVE-M ECLECTOR GK9
   N42U K11554800•520589
   DIA 33

Eu chamei mesmo todos eles de idiotas.
"Os Guardiões da Galáxia."
Se o resto da galáxia tivesse ouvido o que eu ouvi aquele dia, eles pensariam duas vezes antes de elogiá-los.
Ainda assim...
O que Gamora viu neles – quatro completos estranhos – que não viu... que não conseguiu ver em mim?
Eu queria que fôssemos irmãs. Em todos os sentidos das palavras.
E se eu não podia ter isso, bem...

CAPÍTULO 19

—**G**amora! – Nebulosa berrou ao aterrissar no chão da *Aster escuro*. As solas de seus sapatos bateram no metal. – Veja o que você fez.
Diante dela estavam Quill, Drax, e a árvore ambulante.
E Gamora.
De algum modo, Gamora havia sobrevivido. Nebulosa não sabia como, e não se importava.
– Você sempre foi fraca – disse Nebulosa, pronta para atacar. – Sua idiota, sua traiçoeira, sua...
Então um tiro acertou-a. Arremessada para trás pela pura força, sua cabeça caiu no metal frio, e ela sentiu a consciência indo embora. Enquanto tudo escurecia, ela achou ter ouvido Drax dizer: "Ninguém fala assim com meus amigos".

*

Seus olhos se abriram com um susto.
Enquanto se levantava, Nebulosa sentiu seu braço direito voltar ao lugar com um giro e um clique. Ela se contraiu de dor. Partes daquele braço ainda eram feitas de carne e osso, que doíam conforme os ossos deslocados voltavam ao lugar. Seu braço cibernético havia se desmontado todo com o impacto do tiro. O membro em questão se desenrolava, e Nebulosa ouvia seus mecanismos internos ruírem e chiarem conforme ele voltava tudo para sua devida posição.
Recuperada, ela olhou ao redor e viu Gamora.
– Nebulosa, por favor.
Nebulosa não deu ouvidos.

Ela atacou a irmã com o braço esquerdo. Gamora desviou agachando-se. Nebulosa em seguida golpeou com a mão direita. Gamora se esquivou, agarrou-a e golpeou-a nas costas.

Depois, Gamora correu enquanto Nebulosa caía de joelhos.

Nebulosa, em seguida, ativou os bastões que tinha em cada mão. Eles se estenderam. Olhando para trás, ela viu Gamora retirando uma das células de energia da *Aster escuro*. O que estava tentando fazer?

Nebulosa atacou a irmã com um dos bastões, e um pulso de eletricidade percorreu o corpo dela. A dor devia ser insuportável, pensou Nebulosa.

Esperava que fosse.

*

Nebulosa estava em vantagem. E ela tirou proveito. Golpe após golpe, seus bastões acertavam o alvo. Cada ataque fazia um fluxo de energia percorrer o sistema nervoso de Gamora.

"Ainda assim", pensava Nebulosa, "minha irmã não se deixa derrubar".

Ela estava tão próxima de vencer, tão próxima de finalmente derrotar a irmã.

Se ela ganhasse, então Ronan cumpriria seu objetivo. Xandar seria destruída, e depois seria a vez de Thanos.

Mas se Nebulosa perdesse, havia a chance de que Gamora e seus amigos detivessem Ronan, recuperassem a Joia do Infinito... E o que sobraria para Nebulosa, além de viver em um universo onde ela não era nada?

Nesse exato instante, em um momento repentino de força, Gamora tirou um bastão de uma das mãos de Nebulosa, pegando-o para si.

As armas se encontraram e as irmãs digladiaram.

"Ela não vai vencer", Nebulosa jurou. "Não dessa vez. Nunca mais."

Nebulosa atacou Gamora com todas as suas forças. Gamora parou o bastão logo antes do impacto colocando as mãos uma em cada lado da arma, que agora estava a centímetros de seu rosto. Nebulosa tentou continuar o ataque conforme a eletricidade percorria o corpo de Gamora. Ela conseguia sentir o cheiro de carne queimando, e o esqueleto de Gamora ficava parcialmente visível dentro de sua pele esmeralda conforme os choques ficavam mais intensos.

"Quase lá", pensou Nebulosa. "Adeus, irmã."

Ela conseguia ver um futuro diante de si, um universo sem Thanos.

O futuro desapareceu quando Gamora, de algum modo, juntou a força de vontade necessária para jogar o bastão para longe e chutar Nebulosa com toda a força que lhe restava.

Nebulosa foi jogada para trás, enquanto a nave balançava. Ela escorregou por uma pilha de detritos, na direção do buraco enorme. Ela foi para fora da nave e, enquanto isso acontecia, jogou o braço esquerdo para cima.

Seu pulso esquerdo foi empalado por um detrito metálico, interrompendo sua queda. Nebulosa agora estava pendurada por uma mão, do lado de fora da nave, com nada além de ar e o solo xandariano sob ela.

– Nebulosa! – gritou Gamora. – Irmã. Ajude-nos a enfrentar Ronan – ela disse, estendendo a mão. – Você sabe que ele é louco.

Nebulosa não acreditava. Depois de tudo... ainda mais agora... Gamora ainda queria salvá-la?

Elas não eram inimigas?

– Sei que vocês dois são loucos – ela respondeu. Sem dizer mais nada, desconectou a mão esquerda do braço e caiu pelos céus.

– Não!

Ela ouviu o grito de Gamora vindo de cima enquanto caía, até que o som foi suplantado pelo ar rugindo em seus ouvidos.

Seu corpo caiu na cabine de um caça dos Saqueadores, com tanta força que alterou o trajeto do veículo. Já recomposta,

Nebulosa bateu a ponta do braço esquerdo sem mão pela janela da cabine e agarrou o piloto.

– Saia! – gritou e, erguendo o piloto, jogou-o pelo buraco na janela para o chão abaixo.

Com a nave agora sob seu controle, Nebulosa voou para longe da batalha de Gamora, os amigos dela e os Saqueadores contra Ronan.

Ela sabia o que aconteceria. Ronan perderia. Era inevitável, ela agora percebia isso.

E Thanos ficaria decepcionado com sua filha.

Não com Gamora.

Nunca com Gamora.

Não, ele ficaria decepcionado com Nebulosa. E o pedacinho minúsculo de Nebulosa que ainda se importava não conseguia suportar ser uma decepção mais uma vez.

Pela primeira vez na vida, ela fugiu.

CAPÍTULO 20

Estava inalcançável por pouco. Ela estava tão perto. Se ao menos pudesse se esticar um pouco mais...

De repente, uma bota chutou a raiz de yaro para longe de Nebulosa, rolando pelo chão.

– Não está madura – disse Drax.

Nebulosa olhava do chão enquanto Drax pegava um cabo espiralado fixado na parede. Ele puxou o cabo e encaixou a ponta à parte de trás de seu cinto. Depois, pegou um disco negro de um palmo de comprimento em uma unidade de armazenamento na parede. Ela notou o que estava escrito embaixo:

TRAJES ESPACIAIS DE EMERGÊNCIA

Drax levou a mão às costas e colou o disco entre os ombros. No mesmo instante, uma aura azul se projetou do disco, envolvendo todo o corpo de Drax. Nebulosa sabia que, com isso, Drax conseguiria sobreviver ao vácuo do espaço. Não indefinidamente. Mas por tempo suficiente para ele conseguir fazer o que pretendia.

Que era... o quê, exatamente?

Nebulosa ficou em pé enquanto via Drax retirar um fuzil de um encaixe embutido na nave.

Drax apertou um botão quadrado grande na parede, e outro campo de contenção amarelo surgiu, separando-o de Nebulosa e do alojamento. Ele agora estava entre duas barreiras de contenção. Ele apertou um botão no teto e desativou o campo à sua frente.

Em seguida, lançou-se para o espaço.

Nebulosa assistiu, atônita, a Drax ficando para trás da *Milano*, com o mero cabo garantindo sua sobrevivência.

Ela viu o caça no encalce da *Milano*, mirando na nave. Drax agora tentava retribuir o fogo.

Ela sabia que as armas da *Milano* não deviam estar funcionando; caso contrário, Quill as teria usado para destruir a nave que os seguia. Mas mandar alguém para fora da nave? Com um fuzil?

"Os amigos de minha irmã são loucos", pensou Nebulosa.

Então, por que ela sentia certa... admiração – era isso? Surgia discretamente dentro dela enquanto via o corpo de Drax balançar de um lado para o outro fora da nave, batendo em asteroides, tentando mirar no inimigo.

Ele atirou e acertou. O inimigo explodiu.

"Os amigos de minha irmã", ela pensou, "são loucos, mas também são... impressionantes".

★

Tudo aconteceu tão rápido que Nebulosa mal soube o que pensar. Em um minuto, via Drax destruir a nave inimiga com um fuzil. No seguinte, eles haviam atravessado um portal para sabe-se lá onde. Em um minuto, estavam no espaço sideral; no seguinte, estavam à luz do dia, e a *Milano* estava em rota de colisão com o chão.

E Drax ainda estava do lado de fora, sendo rebocado pela nave.

A *Milano* havia sofrido muito estrago, e alguns de seus sistemas começaram a cair. Os campos de contenção que impediram que Nebulosa e o resto do alojamento fossem sugados para o espaço foram os primeiros.

Placas de metal foram arrancadas do casco e passaram voando por ela, em direção ao buraco e depois ao céu, por pouco não acertando Drax.

Foi então que ela viu o cabo na parede. Ele começava a afrouxar. Em um segundo, ele se soltaria, e Drax morreria.

Nebulosa desviou de outra peça metálica e, quando levantou de novo o olhar, viu Gamora correndo pelo alojamento da tripulação. Assim que o cabo se soltou da parede, Gamora o agarrou. Em seguida, ela também quase foi sugada para fora da nave. No último segundo, com uma mão segurando o cabo, ela conseguiu agarrar uma barra de metal na abertura.

Nebulosa olhava enquanto sua irmã arriscava ser rasgada ao meio, tentando salvar a vida do louco que destruiu uma nave no espaço sideral com nada além de um traje espacial e um fuzil. Tentando salvar um alucinado.

Naquele momento, Nebulosa se perguntou se ela havia de fato sido substituída aos olhos de Gamora. Se esses Guardiões agora eram sua família.

Por que só de pensar nisso ela ficava tão magoada?

"Ela nunca tentou me salvar", pensou. "Sua. Própria. Irmã."

CAPÍTULO 21

Nebulosa olhou ao redor, incrédula. Agora a *Milano* era um desastre *de verdade*. A nave estava despedaçada.

Porém, por algum milagre, todos a bordo haviam sobrevivido. Mesmo Drax, que tecnicamente não estava a bordo quando eles caíram na superfície do planeta Berhert.

Nebulosa estava no meio de uma clareira na floresta, com os escombros fumegantes da *Milano* atrás dela. Ela estava rodeada por Quill, Drax e o roedor. Ela também notou uma versão menor, quase como se fosse um bebê, da árvore humanoide que vira na *Aster escuro*. Será que era a mesma criatura?

Além disso, havia Gamora. Ela caminhou pelos escombros, furiosa.

– Olhem para isso! Onde está a outra metade da nossa nave? – ela exigiu saber.

Quill tentou permanecer calmo.

– Da *minha* nave – ele acrescentou.

Gamora não estava com humor para isso.

– Qualquer um de vocês dois poderia ter pilotado pelos asteroides. Peter… Nós quase morremos por causa da sua arrogância – ela disse.

Quill apontou um dedo irritado para o roedor.

– Na verdade, foi porque *ele* roubou baterias Anulax!

"Espere", pensou Nebulosa, "o roedor também roubou baterias Anulax?". As baterias foram o motivo pelo qual ela acabara sob a custódia de Gamora.

– Sabe por que eu roubei, Fedor das Estrelas? Hein? – disse o roedor, tentando provocar Quill.

– Eu não vou atender por "Fedor das Estrelas" – disse Quill, tentando abandonar a discussão.

Em seguida, Nebulosa viu o roedor ficar cara a cara com Quill, aos berros.

– Eu roubei porque quis! Por que a gente tá discutindo isso? Um homenzinho acabou de salvar a gente explodindo cinquenta naves!

"Homenzinho?", pensou Nebulosa. "Do que essa bola de pelos demente está falando?"

Como se respondesse ao seu pensamento, Drax perguntou:
– Qual era o tamanho dele?

O roedor fez uma pinça com o polegar e o indicador.
– Um homem de dois centímetros nos salvou?

O roedor deu de ombros.
– Bem, se ele estivesse mais perto, é claro que ele seria maior.

A conversa seguiu nesse rumo por mais minutos que Nebulosa estava disposta a contar. Ela, que havia passado por tanta coisa, nunca havia visto nada igual.

Finalmente, Quill disse algo que claramente era um insulto ao roedor, e o bicho peludo foi para cima do Senhor das Estrelas.

"Já isso", ela pensou, "é algo que entendo".

Logo quando os dois estavam prestes a lutar, Nebulosa ergueu o olhar para o céu. Ela foi a primeira a ouvir – mais precisamente, sua audição cibernética captou o som antes de qualquer um do grupo. Uma nave que descia pela atmosfera, rapidamente chegando exatamente ao local onde estavam.

– Alguém seguiu vocês pelo ponto de salto! – Nebulosa alertou, apontando para o céu. O roedor tirou a trava de segurança de sua arma e Drax ergueu o fuzil que tinha em mãos. Todos ficaram de costas uns para os outros, formando um círculo recolhido enquanto eles olhavam para o céu.

– Liberte-me – Nebulosa disse baixo para Gamora, levantando as mãos para mostrar os pulsos, ainda algemados. – Vocês precisarão da minha ajuda.

– Não sou idiota, Nebulosa.

– Você é idiota se privar-se de ajuda para combate.

Acima, uma nave rapidamente ficou visível: branca, oval, descendo pelo ar.

– Você me atacaria no momento em que eu a soltasse – disse Gamora, recusando o pedido de Nebulosa.

– Não atacaria, não.

– Sabe, era de se esperar que uma supervilã maligna soubesse mentir direito – Quill respondeu.

Nebulosa se deteve. Ela não sabia mentir. Nunca havia aprendido. O preço de mentir para seu pai era a morte.

Nebulosa e os Guardiões da Galáxia observaram apreensivos enquanto uma nave com a forma e a cor de um ovo esmagava árvores ao descer e finalmente parar. No momento seguinte, uma porta se abriu e dela saiu uma mulher humanoide com duas antenas no topo de sua testa, e um homem barbado, aparentemente humano.

– Depois de tantos anos, eu te encontrei – disse o homem barbado, olhando para Quill.

"Quem é ele?", Nebulosa se perguntou.

– Quem é você? – disse Quill.

– Achei que seria óbvio pela minha beleza rústica. Meu nome é Ego – disse o homem barbado com um rosto benevolente. – Sou seu pai, Peter.

"Pais", pensou Nebulosa, revirando os olhos.

CAPÍTULO 22

— E você vai, simples assim?! – Nebulosa perguntou.
— Não é "simples assim" – disse Gamora, que enchia a mochila com rações. – Se ele é mesmo pai de Peter, ele precisa conhecê-lo melhor. Passar tempo com ele. – Várias horas haviam passado desde que Ego tinha se apresentado ao grupo e convidado Peter para ir a seu planeta. Peter concordou em ir, com Drax e Gamora acompanhando-o, enquanto o resto do grupo ficava lá para consertar a *Milano*.

Nebulosa grunhiu.

— Não tenho dúvida de que ele será maravilhoso, assim como nosso pai.

— Ninguém é como Thanos – retorquiu Gamora. Ela olhou para a irmã de onde estava agachada, guardando seus pertences. – Por que você não me deixou salvá-la a bordo da *Aster escuro*? Tudo o que tinha que fazer era pegar minha mão.

— Você faz essa pergunta – Nebulosa disse, sem olhar para a irmã. – Mas, se eu respondesse, você não teria como entender.

— Como você sabe que eu não entenderia? – contestou Gamora. – Eu não fui criada por Thanos, como você?

— Ninguém foi criada como eu – disse Nebulosa.

*

— Você vai me deixar com a raposa? – rugiu Nebulosa.

Gamora pegou sua mochila e se afastou.

— Atire nela se ela fizer algo suspeito – disse a Rocky.

Rocky mal respondeu a Gamora; simplesmente seguiu trabalhando.

Nebulosa ficou lá por um bom tempo após Gamora e os outros partirem, considerando o que faria nos dias seguintes enquanto esperava o retorno da irmã. A ideia de ficar presa à nave com a bola de pelos e a árvore era repugnante.

"O que aconteceu comigo?", ela pensou. "Eu estava pronta para destruir mundos, derrotar meu pai pelo controle do universo. Agora? Encarceirada pelos Soberanos por um roubo menor. Capturada por minha irmã, forçada a conviver com seus companheiros insípidos."

"Por que eu ainda não a matei?"

"E por que eu... por que eu estou questionando tudo?"

Essa noção a apavorava.

Nebulosa se sentou em uma cadeira lentamente. Desconfortável, ela viu uma arma de raios repousando em uma estrutura. Ela poderia pegá-la em um instante, pensou. Seria simples pegar a arma, mirar no roedor e...

– Se você tá pensando em pegar aquele fuzil da parede e atirar em mim, é melhor pensar duas vezes – disse Rocky, sem tirar os olhos dos reparos que fazia. – Eu vou pra cima de você antes mesmo que você pense em puxar o gatilho. E eu mordo.

Nebulosa se recostou na cadeira e suspirou.

– É claro que morde – disse.

CAPÍTULO 23

NAVE-M ECLECTOR GK9
N42U K11554800•520634
DIA 38

Por que eu não peguei a mão de Gamora? Ela tinha razão. Teria sido fácil. Era só esticar o braço. Pegá-la. Juntar-se a ela. Virarmos as irmãs... a família que nunca fomos.

Eu queria isso. Muito. Queria uma irmã. Aquela que, muitos anos atrás, tentou ajudar-me. Mas eu não conseguia.

Pendurada na Aster escuro, minha única esperança de me livrar de Thanos começava a se reduzir a nada... Conforme os ares da batalha mudavam, estava claro que Ronan poderia perder, e que a Joia do Infinito poderia ser tomada dele.

Só com a Joia do Infinito Ronan conseguiria parar Thanos. Sem ela...

Como eu poderia pegar a mão de Gamora e concordar em ajudá-la a deter Ronan, quando isso significaria destruir minha única chance de uma vida que valia a pena viver?

Como eu poderia olhá-la novamente nos olhos, sabendo que toda vez eu veria a pessoa que me condenou a uma existência funesta, por mais que tenha sido sem intenção nem malícia?

Nós duas já tínhamos tanta história entre nós. Tantas coisas não ditas.

Tanta raiva.

Eu não tinha como acrescentar isso à lista.

Então, desvencilhei-me.

CAPÍTULO 24

— Você é melhor como parede do que como janela.
– O quê?
Nebulosa se virou bruscamente, interrompendo os próprios pensamentos. Diante dela, estava o roedor.
– Quer dizer que você não é transparente – disse Rocky, irritado. – Dá pra sair daí? Não dá pra eu consertar o que eu não vejo.
Nebulosa grunhiu, em seguida se afastou do painel de controle atrás de onde ela estava. Ela tinha perdido a noção do tempo, pesando suas reflexões.
– Só pra você saber – Rocky disse enquanto começava a mexer no painel. – Eu não gosto de falar.
– Você fala o tempo inteiro.
– Falo, mas não gosto.
– Então por que falar?
– Porque se eu não falo, todo mundo acha que eu sou só um bicho idiota.
Nebulosa pensou por um momento.
– Você não é um bicho idiota – disse.
Rocky a encarou.
– Isso foi um comentário positivo pra mim?
– Não – Nebulosa respondeu, dando as costas para Rocky.
– O Quill tá certo – ele disse, voltando a seus reparos. Um sorriso pequeno e raro surgiu em seu semblante peludo. – Pra uma vilã, você mente mal pra caramba.
Nebulosa ficou irrequieta.
Rocky seguiu com seu trabalho.

CAPÍTULO 25

O som de tiros surpreendeu Nebulosa, retirando-a do sono sem sonho, o primeiro que tinha desde sabe-se lá quando. Ela se sentou, com as mãos ainda algemadas. Viu a pequena criatura arbórea olhando para uma janela, vendo o que acontecia do lado de fora.

Ela procurou Rocky.

Ele não estava lá.

No mesmo instante, ela entendeu o que tinha ocorrido. Alguém tinha chegado e estava tentando destruir os Guardiões. Ou capturá-los.

Rocky deve ter ido se encontrar com eles.

De repente, ela ouviu mais sons de tiros. Parecia pelo som que não estavam muito longe da nave, ecoando pelas árvores.

Em seguida, houve o som de minas de concussão.

O som de conflito ficou mais próximo da *Milano*. Mas, como Nebulosa estava algemada, ela não conseguia ir à janela para ver o que ocorria. Ela então ouviu uma voz que reconhecia.

Rocky.

– Como vai, seu idiota azul? – ele disse.

– Nada mal – disse uma voz que ela não conhecia. – Conseguimos um trabalhinho bem bom. Uma moça dourada que se achava bastante ofereceu uma bela quantia para entregar você e seus amiguinhos pra ela porque ela quer matar vocês.

O som de pessoas rindo acompanhou a fala.

– Seu amigo – Nebulosa disse à criatura arbórea. – Há muitos deles. Ele precisa da minha ajuda. Se você se importa com ele, precisa me tirar dessas amarras. – Ela ergueu as mãos e mostrou as algemas ao ser. A criatura arbórea parecia em dúvida quanto ao que fazer.

– Ele vai ser morto! – Nebulosa apelou.

Ela quase convenceu a si mesma de que estava sendo honesta com Groot.

Ela viu o homem azul com a tira vermelha na cabeça, de pé em meio a uma roda de homens. Rocky também estava lá. Todas as armas apontavam para o roedor. Nebulosa concluiu que o homem com a tira vermelha era o líder e os homens eram sua tripulação.

Porém a tripulação parecia estar em motim. "Devem ser os Saqueadores", pensou. Ela conseguia sentir a mudança de ares e percebeu que Yondu talvez fosse a chave para tirá-la daquele planeta, para conseguir o que queria.

Uma briga desenfreada estava sob risco de acontecer, e Nebulosa não podia permitir isso.

Escondida de todas, ela deu o primeiro tiro. Acertou Yondu bem na tira de sua cabeça, criando uma explosão de eletricidade. Ele foi ao chão, inconsciente.

Em seguida, ela atirou de novo, incapacitando Rocky.

Por fim, ela se revelou quando os Saqueadores se viraram em sua direção.

– Ora, olá, rapazes – ela disse. Com a arma na mão direita, ela segurava uma raiz de yaro na mão esquerda... na verdade, um gancho. Pelo que ela sabia, sua mão esquerda cibernética ainda estava conectada com os restos da *Aster escuro*.

Ela levou a raiz de yaro à boca e deu uma mordida generosa. Um segundo depois, cuspiu.

– Não está madura – disse.

CAPÍTULO 26

NAVE-M ECLECTOR GK9
N42U K11554800•520705
DIA 44

Arrependo-me de ter atirado na raposa.
Não. Não "raposa". Ele tem um nome.
Rocky.
Por que eu fiz aquilo?
Deveria haver outro jeito. Gamora teria encontrado outro jeito.
Mas esse é o único jeito que conheci a vida toda.
Agimos de acordo com quem somos. Essa era quem eu era na época.
Sou diferente hoje? Quero acreditar que sim.

CAPÍTULO 27

Ao ferir Yondu, Nebulosa deu aos amotinados exatamente o que queriam: controle de seus próprios destinos. E da nave deles, a *Eclector*.

Ela também havia dado a eles Rocky e o jovem Groot. Eles seriam entregues aos Soberanos e os Saqueadores ficariam com a recompensa. Rocky e Groot pagariam o preço mais alto possível por ousarem roubar as baterias Anulax. Nebulosa não deixou de notar a ironia de dois "Guardiões da Galáxia" serem submetidos à mesma punição que ela receberia.

Como recompensa, os Saqueadores deram a ela a nave mais rápida que tinham, junto com as coordenadas do planeta de Ego programadas no sistema de navegação.

Ao sentar-se diante dos controles da nave, Nebulosa sabia o que fazer.

De uma vez por todas, Gamora tinha que morrer.

A maioria das pessoas, quando ficam bravas com um irmão, não voam com uma espaçonave para dentro de uma caverna atirando sem parar, sem se importar com colidir, sem se importar com viver ou morrer, desde que destruíssem o irmão que era alvo de suas fúrias naquele momento.

Nebulosa não era como a maioria das pessoas.

Ao chegar à atmosfera do planeta de Ego, Nebulosa fixou a mira em sua irmã. Foi fácil localizar seu sinal de energia notável. Lá estava ela, parada no meio de um campo. Tão sozinha. Tão desamparada.

Nebulosa sabia como era.

Com sua nave vindo em rasante, ela abriu fogo contra a irmã, seguindo-a até uma caverna profunda, reduzindo a nave dos Saqueadores a pedacinhos conforme ela voava por entre as paredes da gruta.

Ela não se importava.

Nebulosa gritou quando a nave aterrissou forçosamente no chão da caverna, parando logo antes de uma grande fissura. Desorientada, com equipamentos faiscando ao seu redor, ela arquejou em busca de fôlego.

De dentro da cabine de pilotagem estilhaçada, Nebulosa suspirou. Ela estava presa embaixo dos escombros. Olhando para fora da cabine, ela viu Gamora. Ainda viva. Sempre viva.

Ela então viu, sem poder fazer nada, sua irmã erguer uma arma enorme – parte da artilharia da nave dos Saqueadores que fora arrancada conforme a nave caía. Ela levou a arma até o ombro e abriu fogo contra Nebulosa.

Em seguida, Gamora jogou a arma no chão.

Ela foi até a cabine e se esticou para dentro. Depois, retirou Nebulosa dos escombros logo antes de a nave explodir. A força da explosão jogou as duas mulheres para trás, e elas caíram na superfície dura e rochosa da caverna.

As duas mulheres gemiam, exaustas.

Sendo esse o momento perfeito para Nebulosa atacar.

– Você está de brincadeira?! – Gamora gritou enquanto Nebulosa tentava ganhar vantagem, rolando para cima de Gamora e começando a golpeá-la sem parar.

Após uma breve troca de golpes, Nebulosa pegou o pescoço de Gamora com a mão esquerda. Ela apertou o máximo que podia e sentiu a traqueia dela começar a ceder.

Gamora engasgou, sem conseguir respirar. Nebulosa pegou uma adaga da bainha em sua cintura e a segurou na mão direita. Ela a ergueu, pronta para atacar. Para atravessar Gamora com a lâmina e acabar com ela. Acabar com tudo.

Para Nebulosa, o tempo parou. Ela sentia que havia saído do próprio corpo e via tudo do lado de fora.

Se ela apertasse a garganta da irmã só mais um pouco... se ao menos conseguisse afundar a adaga no olho dela... tudo acabaria. O ódio, a raiva... Iriam embora. Ela tinha certeza.

O que ela estava esperando? Que Thanos chegasse para assistir? Que ele dissesse: "Muito bem, Nebulosa. Você é minha filha favorita"?

Só uma pessoa em sua vida podia cumprir esse papel. Uma pessoa que no momento estava imobilizada pelas mãos dela, tentando respirar. Nebulosa deixou a adaga cair e soltou o pescoço de Gamora.

– Eu venci – Nebulosa anunciou, com a respiração errática após o esforço de imobilizar a irmã. – Eu venci. Superei-a no combate.

– Não – Gamora disse, agarrando o próprio pescoço. – Eu salvei a sua vida.

– Ora, você foi tola o suficiente para deixar que eu vivesse – Nebulosa respondeu. Ela estava sentada na superfície rochosa da caverna, ofegante, tentando recuperar o fôlego.

Gamora olhou furiosa para a irmã.

– Você deixou que eu vivesse!

– Eu não preciso que você sempre tente me vencer! – estrondou Nebulosa.

– Não fui eu quem atravessou o universo só porque eu queria vencer – Gamora rebateu.

– Não me diga o que eu quero!

– Eu não preciso dizer o que você quer – Gamora esbravejou. – É óbvio!

Foi então que Nebulosa descobriu que Gamora não fazia ideia.

– Era você que queria vencer – disse Nebulosa. Ela soava cansada. – Eu só queria uma irmã. Você era tudo o que eu tinha – continuou, sentindo as palavras irromperem dela. – Era você que precisava vencer. Thanos tirou meu olho da cabeça – ela mal conseguia pronunciar as palavras a essa altura – meu cérebro do crânio... e meu braço do corpo.

Gamora olhou para Nebulosa, sem saber o que dizer.

– Por. Sua. Causa – concluiu Nebulosa. As duas mulheres ficaram ali, encarando uma a outra, sem dizer nada.

Não havia mais nada para se dizer.

CAPÍTULO 28

Nebulosa estava de saída. Estava tudo acabado. Ela viajara ao mundo de Ego para enfrentar Gamora de uma vez por todas e acabou... demonstrando fraqueza diante da irmã.

E, apesar disso, ela estava viva. Nada terrível havia acontecido. Gamora não usou essa fraqueza contra ela, não tentou transformar em algum tipo de vitória que resultaria em mais uma parte arrancada do corpo de Nebulosa e substituída por um fac-símile cibernético.

Junto com os Guardiões, ela voltara à nave dos Saqueadores, a *Eclector*. Eles haviam derrotado o pai de Peter, Ego. O mundo foi destruído. Ela agora partia para enfrentar um futuro incerto, pegando uma Nave-M dos Saqueadores para fazer o impossível.

Enquanto caminhava em direção ao hangar, Nebulosa ouviu sua irmã chamá-la pelo nome.

– Nebulosa.

Respirando fundo, ela se virou. Gamora estava ali, de pé, em silêncio.

Nebulosa esperou. Se sua irmã tinha algo para dizer a ela, o momento era aquele.

– Eu era uma criança, como você – Gamora disse baixo, hesitante. – Eu estava preocupada em ficar viva até o dia seguinte, dia após dia. E eu nunca levei em conta o que Thanos fazia com você.

Nebulosa não acreditava nas palavras que ouvia. Ela nunca soube que queria – que precisava – ouvi-las.

– Estou tentando corrigir meus erros – Gamora disse, olhando Nebulosa nos olhos. – Há garotinhas como você ao redor do universo que estão em perigo. Você pode ficar conosco e ajudá-las.

Um lar.

Um lado de Nebulosa queria que esse fosse um começo novo em folha para ela e sua irmã. Juntas. Mas ela sabia que não era para ser.

Essa era a história de Gamora. Nebulosa precisava encontrar sua própria história.

– Eu as ajudarei – ela respondeu. – Matando Thanos.

Uma expressão triste apareceu no rosto de Gamora.

– Não sei se isso é possível.

Nebulosa não disse nada. Ela simplesmente deu as costas. Em seguida, sentiu uma mão em seu ombro. Virando-se em um ato de autodefesa, ela ficou desorientada ao descobrir que Gamora não tentava imobilizá-la ou atacá-la.

Ela estava... abraçando-a. Por um bom tempo, Nebulosa apenas ficou ali, com os braços de lado.

Finalmente, Gamora se afastou e disse, com os olhos lacrimejando:

– Você sempre será minha irmã.

EPÍLOGO

NAVE-M ECLECTOR GK9
    N42U K11554800•520863
    DIA 50

Aconteceu alguma coisa naquele dia que eu nunca achei que ocorreria.

Minha irmã abraçou-me. Eu abracei-a.

E não tentei enfiar uma adaga nas costas dela.

Ainda estou irritada.

Ainda estou cheia de ódio.

Mas eu agora direciono esses sentimentos para meu pai, e somente para meu pai.

Está quase na hora. Estou mais próxima do que jamais estive. Acertaremos as contas entre nós. Thanos será sujeitado à dor de cada órgão que ele arrancou de meu corpo, e saberá o que é desespero.

E então, depois de tanto tempo, finalmente estarei livre para viver minha vida.

Livre.

HOMEM DE FERRO
PARTE CINCO

CAPÍTULO 11

Parado no trânsito e impaciente na viagem de volta para casa, Tony se viu desejando a liberdade do voo que sentia quando usava a armadura do Homem de Ferro. Alguns de seus momentos favoritos foram nos primeiros testes de voo, corrigindo alguns dos *bugs* na armadura, levando a seus limites, vendo a distância e a velocidade máximas que conseguia obter com ela.

A sensação de voar era revigorante. Ele tinha zunido por sobre o píer em Santa Monica e pairado sobre as ruas de Los Angeles. Como parte do teste, Tony foi em direção ao céu, forçando seus sistemas ao limite só para ver a altura que conseguia alcançar.

Graças a JARVIS, Tony sabia qual era sua altitude e o quanto ele estava próximo de chegar às camadas superiores da atmosfera terrestre. Ele se perguntava o quanto a armadura do Homem de Ferro poderia aguentar – ela poderia ser usada no espaço? Ele não a tinha projetado com isso em mente, mas a armadura era capaz de tantas coisas além daquilo que ele tinha considerado originalmente.

Tony voava cada vez mais e mais alto e a atmosfera ficava mais rarefeita.

E mais fria.

Com aquela altitude e temperatura, começou a formar-se gelo na Mark II.

JARVIS tentara alertar Tony, mas ele não havia dado ouvidos. Ele queria ver até que ponto poderia forçar.

Como sempre.

E, como sempre, havia consequências. Nesse caso, o gelo continuou a se formar na armadura, até que, de uma vez só, a energia acabou.

E ali estava Tony, na mesosfera da Terra, em um traje de armadura desligado.

*

Tony teve sorte. Como sempre.

Pouco antes do impacto, o gelo se soltou e a energia voltou, junto com JARVIS. O sistema de voo da armadura se ativou e Tony raspou no chão enquanto voltava a levantar voo para o céu. Poderia ter sido o fim dele naquele dia.

E em qualquer outro dia, na verdade. Mas era assim que Tony gostava de viver.

Pelo menos, era isso que ele dizia a si mesmo.

Isso foi o mais próximo que Tony Stark chegara do espaço sideral até a Batalha de Nova York. Agora, no banco de trás do carro, os pensamentos de Tony voltavam àquilo. Ele teria como fazer uma armadura do Homem de Ferro capaz de sobreviver no vácuo do espaço? Algo que pudesse suportar uma decolagem e uma reentrada?

Tony não tinha certeza. Só sabia que tinha que tentar.

CAPÍTULO 12

A base dos Vingadores estava em silêncio. Tony passaria o fim de semana em sua oficina, monitorando as nanossondas. Olhando nas múltiplas telas, ele podia ver exatamente onde as nanossondas estavam em cada momento, conforme seus micromotores as propeliam a seus destinos.

"Estamos mentindo pra nós mesmos", ele pensou. "Essa é uma tarefa impossível."

Ele descansou a cabeça na mesa à sua frente e fechou os olhos.

– Vamos precisar de um barco maior.

Os olhos de Tony se abriram de imediato e ele levantou a cabeça, girando na cadeira para ficar de frente para a porta.

Happy Hogan estava na entrada novamente. E, novamente, ele tinha em mãos um saco de papel engordurado e uma bandeja de papelão com dois copos pra viagem com canudos vermelhos.

– Era isso que você estava pensando, certo? Vamos precisar de um barco maior – ele repetiu.

Tony riu.

– Algo assim. O que você faz aqui? É fim de semana. Você não deveria estar por aí, fazendo seja lá o que Happy Hogan faz nos fins de semana?

Happy entrou, dessa vez tomando cuidado para manter os copos pra viagem longe de sua jaqueta. Ele colocou tudo na mesa em frente a Tony.

– Achei que seria bom para você ter companhia enquanto fica aí sentado, esperando o espaço sideral responder – disse Happy.

Tony pegou outra cadeira e empurrou na direção dele.

– Senta aí. Vi que você trouxe dois milk-shakes. Você sabe que não posso beber os dois – disse Tony, apontando um indicador para as têmporas. – Congela o cérebro.

Happy deu um risinho.

– O de chocolate é meu. – Ele abriu o saco de papel e retirou dele dois hambúrgueres, deixando um à frente de Tony.

– Sabe, eu finalmente falei com ele hoje de manhã – Happy começou a dizer. – Com o garoto.

Tony pegou o hambúrguer diante dele e abriu o papel-manteiga. Ele deu uma mordida generosa, depois tirou a mostarda nos cantos da boca com um guardanapo.

– Sério? Uma conversa de verdade?

Happy tomou um gole de sua bebida.

– Sim, foi boa. Por mais que ele seja tagarela, tem um bom coração. Que nem você.

Isso fez Tony sorrir, depois dar batidinhas com o dedo na Tecnologia de Repulsão incrustada no peito. A TR havia sido uma companhia constante ao longo dos anos. Quando ele sobreviveu ao ataque terrorista e foi raptado, Tony havia descoberto que estilhaços haviam se alojado perto do coração. Era a TR que ele mesmo inventara que mantinha seu coração batendo.

Anos depois, Tony passou por um procedimento que removeu os estilhaços, assim eliminando a necessidade de ter a TR em seu peito. Mas suas obrigações e responsabilidades como Homem de Ferro fizeram com que ele recolocasse o aparelho potente em seu peito depois de um tempo. O retorno da TR foi como receber um amigo antigo e familiar – mesmo que não de todo bem-vindo.

– Valeu – ele disse. Happy sorriu.

– Mas então, o que estamos fazendo? Só esperando? – Happy perguntou.

Tony, com a boca cheia de comida, fez que sim com a cabeça.

– Basicamente. Não estou esperando que nada aconteça...

Antes que pudesse concluir a frase, Tony foi interrompido por um tinido agudo.

– O que foi isso? – disse Happy, com os olhos arregalados.

– Hm, não deve ser nada – disse Tony, tentando tranquilizá-lo. – Provavelmente é um meteorito ou um asteroide ou...

PING.

Tony olhou para Happy novamente. Depois, seus olhos foram para baixo. Ele viu a mão direita de Happy segurando um garfo, que ele batia no pé da mesa.
PING.
Happy abriu um sorriso largo e começou a rir.
– Você tá completamente demitido – disse Tony, antes de juntar-se aos risos.

EPÍLOGO

Happy estava na oficina, olhando para as próprias mãos. Elas estavam envolvidas em um metal rubro. E estavam pesadas.

– Como ele veste essas coisas? – perguntou-se em voz alta.

– Colocando nas mãos – veio a resposta, para a surpresa de Happy. Em um movimento rápido e brusco, Happy se virou, escondendo as mãos nas costas.

– Oi, chefe – disse Happy. – Achei que você tinha saído para atender àquele telefonema.

Tony Stark entrou na própria oficina.

– E saí – disse. – E depois a ligação terminou. Porque telefonemas têm começo, meio e fim.

Tony se sentou em um banco, olhou para Happy por um momento e não disse mais nada.

Happy permaneceu ali, suando frio. Após o que pareciam ter sido horas de tortura insuportável, Happy lentamente tirou as mãos das costas, revelando as manoplas do Homem de Ferro.

– Eu só queria experimentá-las – disse Happy, encabulado. – Achei que você não se importaria. Em grande parte porque não estava aqui e não ficaria sabendo.

Tony aquiesceu.

– Bom raciocínio. Fico surpreso que tenha esperado tanto tempo para experimentá-las. Mas é melhor tirá-las antes que você destrua o laboratório.

Happy sorriu, depois tentou com dificuldade tirar as manoplas. Elas não saíam.

Tony riu e deslizou seu banco para o lado de Happy. Seus dedos dançaram pelos controles ocultos das manoplas e, com um sibilio silencioso, as duas luvas se soltaram das mãos de Happy.

– Valeu – Happy disse.

– Imagina – respondeu Tony.

– Elas eram mais pesadas do que eu imaginava.

Tony pensou por um momento.

– São mesmo – disse. Seu tom ficou um pouco mais sério em relação ao momento anterior. – O traje todo é mais pesado do que eu imaginava.

– Você sabe que é iminente – Natasha Romanoff disse a Sam Wilson. O zunido baixo dos motores do Quinjet preenchia a cabine. – Cedo ou tarde, teremos que falar com Tony.

– Eu acho que ele sabe disso – respondeu Sam Wilson.

– *Ele* está bem aqui – disse Steve Rogers, atrás dos dois – então não precisamos falar como se eu não estivesse. Tony conhece nosso posicionamento, e sabe que estaremos presentes sempre que ele precisar de nós.

– Você acha que ele vai perdoar e esquecer tão fácil depois de tudo o que aconteceu? – Natasha perguntou.

Steve deu de ombros.

– Não posso pedir que ele faça nenhuma das duas coisas.

– O próximo problema grande que aparecer vai apagar tudo isso – contestou Sam. – Vocês passaram por coisas demais.

– Espero que você tenha razão – murmurou Natasha.

– Eu também – acrescentou Steve, olhando pela janela da cabine para o céu que clareava.

A biblioteca estava no mais absoluto silêncio. Do jeito que Wong gostava. A não ser que houvesse outra visita inesperada de Stephen Strange, Wong esperava ter o espaço tranquilo só para si nas horas seguintes. Seus olhos foram para uma pilha de livros recém-devolvidos que precisavam voltar às respectivas prateleiras.

Ele foi até a pilha de livros, pensando na vitória deles contra Kalkartho. Ele não conseguia escapar da sensação de que tiveram sorte. E que, da próxima vez, a sorte deles poderia acabar.

Isso o incomodava.

Normalmente, Wong não era de ficar com a mente no passado. Era importante para o aprendizado, sem dúvida, mas não era um objeto de obsessão.

Mas essa sensação persistente de que sempre haveria desafios ainda maiores por vir não o deixava em paz. Ele sentia como se houvesse outra coisa. Algo à espreita universo afora, além do alcance de sua visão.

*

NAVE-M ECLECTOR GK9
N42U K115030311•592008
DIA 63

Venho rastreando meu pai. E estou próxima.

Pergunto-me. Ele sabe que eu estou indo atrás dele? Se souber, será que tem medo de mim?

Thanos não tem medo de nada. Ou alega não ter medo de nada.

Mas se ele soubesse o que pretendo fazer com ele, deveria ficar com muito medo.

Minha mão irá silenciá-lo por toda a eternidade.

A nave havia aparecido do nada. Era enorme, fazendo o veículo imponente dos asgardianos parecer pequeno e obstruindo quase toda a luz que batia na sala de comando.

– Alguém que você conheça? – Loki perguntou, olhando para Thor.

O novo rei de Asgard balançou a cabeça devagar.

Ele não sabia quem estava na nave. Mas sabia que descobririam muito em breve.

TIPOGRAFIA **MINION PRO**
IMPRESSÃO **COAN**